在輪迴與未來之間

沫淺唯 著

目次

楔子

聽說——自殺的人是沒有資格上天堂的。

但當一個人求死的意念強大到足以勝過一切，天堂或地獄，都已無所謂。

只是我沒想過，當我重新睜開眼的那一刻，迎接我的，不是無限循環的死亡。

而是這樣一個——

讓我既陌生，又熟悉的地方。

人死掉後，究竟，會流浪到哪？

第一章 如月似川

這裡是哪裡？

周思年看了眼自己，除了身上穿著成套的高中制服，其他東西什麼都沒有。她抬頭張望四周，兩邊灰色的牆無限延伸，空無一物。

她試著開口：「有人嗎？」

一句句同樣的話迴盪在看不到盡頭的走廊中，卻始終等不到人回應，就如同銀幣掉入深不見底的古井，聽不見半點回音。

周思年赤裸著腳，一步步地向前走，不知道為什麼，她沒有感到任何恐懼和不安，心情異常平靜。她心裡總有種莫名的直覺——沿著灰色的牆往前走，或許，可以遇見些什麼。

這裡沒有時間，她身上也沒有手錶或手機，不知道過了多久，周思年回首，來時的路已經看不見了，可是再望向前方，依然什麼都沒有。相同的灰牆、相同的走廊，如果不是小腿發酸讓她確信自己已經走了很久，她真的會以為從剛才到現在，自己一直都待在原地打轉。

「小年、小年……」

是誰？是誰在叫她？

周思年慌忙地在周圍尋找，最後發現，那聲叫喚似乎是從前面很遙遠的地方傳來的。那聲音很溫柔，有點熟悉，又有點陌生，她邁開步伐朝聲音的來源大步奔去，越來越近、越來越近……

忽然，前方出現一座高大的灰色的門，那道門虛掩著，微弱的光線透過門縫穿透進來，周思年用盡力氣推開，一整片刺目的白光頓時朝她撲面而來——

「小年，妳再睡下去就要變成小豬囉！」

周思年眨了眨眼適應光線，眼前模糊的影像漸漸聚焦……她這是趴在桌上睡著了？

等等……不對，她只是趴在桌上睡著了！？

「小年？」一隻手在周思年眼前大力揮動，終於吸引了她的注意力。

這是一間普通的教室，那隻手的主人正背著椅子坐在她的前方，微醺的夕陽將他整個人浸潤在暖橘色的光芒中，柔和了這偌大冰冷的空間，他的笑容也是那樣溫柔，還有那眼神，看著她就像是在看著……他這一生中最摯愛的人？

天，她怎麼會有這種想法！

「小年，妳怎麼了？從剛剛醒來到現在……」

「你是誰？」周思年打斷他。面對這樣一個親切溫柔的人，她還真不忍心用嚴厲的語氣對待，不過心裡仍然保有一點戒備。

眼前這個長得白白淨淨的男孩是誰？她自己現在又是怎麼一回事？如果她沒記錯，自己是絕對不可能這樣平靜地待在一間教室裡睡覺的。腦海中的上一個記憶提醒著她——

周思年，妳已經死了。

「小年，妳是睡迷糊了吧？我是江誠光啊。」江誠光寵溺地幫她整理剛才趴在桌上被壓得有些凌亂的頭髮，輕笑道：「餓了吧！大家放學後妳已經睡了一個小時了，我看妳挺累的就沒叫醒妳，妳看。」他指了指窗外，「天都快黑了。」

夕陽將教室染成一片橘紅色，光線正以肉眼可見的速度逐漸黯淡，周思年只能先壓下心底的疑惑，和江誠光一起離開。

兩人走在學校外的紅磚路上，周思年看著自己那隻被人拉住的手微微發愣，半晌，她的視線慢慢往上，忍不住在江誠光身上駐足。

他的肩膀不寬，但即使只是個背影，也給人一種很安定的感覺。

這還是第一次，有一個男孩子這麼溫柔地對待她，不，或許該說是第一次，除了爸爸媽媽，有一個人這樣對她。

他們進到一家小吃店裡，江誠光熟練地點餐，把單子交給老闆後逕自走到自助吧前張羅沾醬，回來時把手上的碟子放到周思年面前。

周思年看著面前裝著醬料的小碟有些出神，好半天才問：「你怎麼知道我喜歡吃陽春麵？而且滷味沾醋不沾醬油？」

這家麵店她是記得的，老闆和她很熟，不時會幫她加菜，她最喜歡的就是他們家的陽春麵，還有每次來必點的滷味，但從進來到現在，周思年沒說過一句話，江誠光就已經幫她把餐都點好了，點的還都是她愛吃的。

「妳今天怎麼了？不會是發燒了吧？」江誠光微微傾身，隔著一張桌子的距離，把手覆上周思年的額頭，確認她的溫度正常才放心，「妳每次來不都點這樣嗎？」

怦怦……怦怦……

面對他突如其來的舉動，周思年一時間忘了閃躲，當他的手貼上額頭的瞬間，她發現……自己的心跳好像有點不受控。

可是……這怎麼可能？她很確定，自己明明和他才第一次見面而已啊，說是「一見鍾情」也太荒謬了！

「呃……就是有些好奇，你竟然這麼了解我的喜好。」她隨便找了個理由搪塞道。

「那當然。」江誠光注視著她，眼神含情脈脈，「因為我喜歡妳啊。」

「咳咳……」這傢伙的笑容太有殺傷力，而且說話又這麼讓人……驚嚇，周思年嘴裡嚥到一半的豆乾差點直接噴出來，硬吞下去的結果就是被嗆到。

「慢點。」江誠光把水遞給她，「又沒人跟妳搶。」

「江……」周思年緩了過來後，剛想叫他的全名，倏地打住。

從醒來到現在，周思年不難感覺到，眼前這人跟自己很熟，似乎和這裡的「她」有著不同尋常的關係，雖然她還沒搞清楚狀況，但應該不會連名帶姓的稱呼對方吧！

「咳……誠光，今天是幾月幾號？」

「六月五號啊。」

「二〇二〇年六月五號？」

「是二〇一九年六月五號。」

鏗啷——周思年手中的筷子沒拿穩，掉了。

她沒顧得上撿，只是顫抖著聲音又求證了一次：「你……沒記錯？」

「當然。」江誠光把手機畫面亮給她看，「今天是高三學長姊畢業的日子，我們學校每年都是六月五號舉辦畢業典禮的，怎麼可能記錯？明年的今天就換我們了啊！」

二〇一九年六月五號

二〇一九年六月五號

二〇一九年六月五號

……

周思年很確定，她是在二〇二〇年六月五日，也就是她自己的高三畢業典禮當天死亡的，因為——她自殺了。

可奇怪的是，她唯獨記得自己已經死了，卻忘了為什麼要自殺？又用的是什麼方式？上吊？割腕？吃安眠藥？不管周思年怎麼努力，就是一點都想不起來。

江誠光說現在是二〇一九年六月五日，也就是說，如果這不是夢……她回到了一年前！？她，周思年，遇到了只有在小說中才會出現的芭樂橋段——穿、越、了！？而且還是回到過去的那種！？

可是……江誠光、江誠光、江誠光……周思年在心裡默念無數遍他的名字，她很確定，在自己短短十八年的人生裡，根本就沒有認識過這麼一個人啊！

難道這裡是另一個平行時空？那本來存在於這個時空中的周思年——也就是她自己——不知道什麼原因消失了，而她死後也因為不明原因所以進入了這個時空中的自己的軀體？

開玩笑的吧！？

「怎麼這麼看我？」

被江誠光這麼一問，周思年猛然回神，結結巴巴地道：「沒、沒事，就突、突然覺得其實你長得滿好看的。」

「難道妳以前覺得我很醜嗎？」他哂笑調侃。

「不、不是，我不是這個意思……」周思年語無倫次地想解釋，江誠光卻已輕笑出聲。

「逗妳的呢！」他夾了滷味給她，「快吃吧！妳不是最愛吃豆乾了嗎？特別給妳點的。」

周思年看著眼前對她呵護備至、溫柔寵溺的江誠光，腦中突然有一種很自私的想法閃過——如果這是上天給她再一次重生的機會，在這樣的世界，遇見這樣一個人，這一次，她想好好活下去。

原以為今天的這一切已經讓她足夠驚訝，沒想到回到家後還有讓她更震驚的。

忘了聽誰說過，人的一生其實都是在驚嚇與被驚嚇中度過的。

*

「我到了，你也早點回家吧！」

「嗯，我看妳進去我就走。」江誠光站在原地，臉上是他一貫柔和的笑，就這麼含情脈脈地注視著她。

走沒幾步，周思年還是停了下來。背後那道目光太過熾熱，實在讓她無法忽略。她轉過頭道：

「別這樣看著我，好像我們不會再見一樣。」

江誠光站在街燈下，雙眼裡的深情令人心跳加速，「我就是捨不得所以想多看幾眼，快進去吧！」

周思年臉頰發燙，要不是今天兩人已經相處了一整天，知道他是個正常的人，就是對她，噢不，應該是對這裡原本的那個「周思年」這麼情深深雨濛濛，她真的會懷疑他可能有精神方面的疾病，需要看醫生。

不過現在想想，這或許根本就是個夢，畢竟這裡太過美好，好得不真實，但所有的一切卻又是那樣熟悉而陌生，說不定……今天是他們的第一次見面，也可能是最後一次了。

很久以後周思年才知道，為什麼每次分開時，江誠光總用那種愛了千年卻面臨生離死別的眼神凝望著她。

周思年把門關上，從鞋櫃裡找出自己的拖鞋換上。

「年年，回來啦！」

砰——周思年拿在手上的拖鞋忽然掉到地上，她維持著彎腰的動作僵在原地，心中卻有一個問號不斷被放大：

是他嗎？

真的是他嗎？

不、不可能的，一定是她今天受了太多刺激所以幻聽了，但是……自己不是也莫名其妙出現在這裡了嗎？

「年年，鞋子換好就快進來啊！怎麼站在那裡不動？」

這一次，周思年很清楚自己沒有聽錯。她倏地轉身，那個高大的身影遮住了她頭頂上的光，淚水也在頃刻間模糊視線。

「年年，怎麼啦？怎麼哭了？今天在學校誰欺負妳了？跟爸爸說，爸爸現在就去——」

「爸爸！」周思年沒等對方說完就撲進他懷裡，用盡全身的力氣擁抱眼前這個人。

「她這是怎麼了？」黃慧敏站在一旁問。

「不知道。」周競岩的大手在周思年的頭頂輕拍安撫。

她吸了吸鼻子才從溫暖的胸膛中抬起頭，眼角還帶著淚，卻笑得比七月的豔陽還燦爛，「沒、沒事，就是太想爸爸了。」

「這孩子……真是的，不是每天都見得到嗎？」黃慧敏搖搖頭走回廚房，「我煮了點宵夜，快進來吧！年年，和爸爸去洗洗手，媽媽去幫你們把剛煮好的紅豆湯圓拿出來。」

「好。」周思年點點頭，手緊緊地攢著周競岩不放。

她很確定，周競岩已經死了，早在她自殺前就去世了，但她只記得他是因為意外離世的，具體原因是什麼……她也不曉得。

不知道為什麼，周思年覺得自己似乎忘記了很多重要的事。

飯桌上，周思年拿起湯勺舀了滿滿一碗紅豆湯圓給周競岩，「爸爸，你多吃點，媽媽煮的紅豆湯圓最好吃了。」

「果然人家都說女兒是爸爸上輩子的情人，年年，妳這架式是要擠掉媽媽繼續霸占妳爸老婆的位置嗎？」黃慧敏不甘示弱地吹鬍子瞪眼。

「行了行了，我的碗都要滿出來啦！」周競岩笑道，語末迅速親了黃慧敏一口，「老婆，別吃醋了，雖然妳們兩個都是我的情人，不過妳是這輩子的，沒人可以取代妳。」

周思年放下碗和湯匙摀住雙眼，「爸爸媽媽你們太過分了！這宵夜還讓不讓吃了！」

周競岩和黃慧敏都笑了。

洗完澡後，周思年拿著自己的枕頭到他們房間，站在房門口弱弱地問：「我今天想跟爸爸媽媽一起睡，可以嗎？」

黃慧敏莞爾一笑，「妳這孩子，這麼大了還撒嬌啊！」

周競岩拍拍大床的中間，滿眼都是笑意，「過來吧！」

周思年躺到他們中間，周競岩和黃慧敏在她的臉頰兩邊各印下一吻，齊聲道：「寶貝，晚安。」

她滿足地閉上雙眼。

真的好久好久都沒有跟爸爸媽媽一起睡了。今天太過美好，美好到周思年心裡總害怕，她怕一覺醒來會發現這些不過都只是夢而已。

爸爸是夢，江誠光……也是夢。

翌日早晨，周思年緩緩睜開雙眼——窗外陽光明媚。

事實證明，昨天不是夢，她似乎……真的穿越了。

周思年拎著黃惠敏給她包好的早餐開門準備上學去，剛邁出腳步卻驀然頓住，江誠光不知何時已經等在她家門前。

「小年，早啊。」

「你怎麼來了？」

「傻瓜，跟妳一起上學啊！」

江誠光嘴邊漾著淡淡的微笑，像是冬日的白雪初化，煦煦暖陽點點灑下。

*

周思年坐在腳踏車後座上，輕輕拉著江誠光的衣角，一路上她看見不少一樣要去學校的同學，風輕拂過她額前的碎髮，江誠光的瀏海也在飛揚。

距離她回到過去已經有一小段時間了，想當時初到這個世界，她第一次讓男生載著去上學，除了心跳有些凌亂，還有一絲明晃晃的喜悅湧上心頭。

在家門口等待江誠光的出現成了她每天早晨最期待的事。明明對她來說，江誠光不過是個認識不到一個月的人，但他們的相處模式，卻是那樣的理所當然。

因為他們是準高三生，暑假必須到學校繼續上暑期輔導，提前為明年考大學做準備。早自修時間教室沒什麼人，周思年剛放好書包，就有人拍她的肩膀，「早啊，思年！」

她回過頭，和她打招呼的是一個留著空氣瀏海、綁著高馬尾的女孩，她的眼睛像貓眼寶石一樣閃耀，對她露出燦爛的微笑。

「早啊，時悅。」

第一次見到宇時悅時周思年就有種莫名熟悉的感覺，腦海中自然地浮現出她的名字，就這麼直接脫口而出了。

「在校門外就看到江誠光載著妳上學，想不注意都難，大清早的就灑狗糧。」

一開始周思年還以為她和江誠光只是互相暗戀對方的關係而已，沒想到竟然是班對，差點就穿幫了。

「等等！妳說我跟江誠光……是一對？」

「是啊！全校的女生也是這麼質疑的，為什麼就是妳跟他一對呢？」當時宇時悅還狀似惋惜地大大嘆了口氣。

後方傳來漸近的腳步聲，宇時悅回頭道：「早啊，酒酒。」

這裡的「周思年」有一群很好的朋友，除了宇時悅，梁酒酒也是其中之一，她一頭秀麗長髮及腰，烏黑發亮，沒有用任何髮圈，就這麼隨興地披在肩上。漆黑的雙瞳如黑曜石一般，沒什麼溫度卻很漂亮，那與生俱來的氣質，讓她彷彿是從皇室貴族的畫裡走出來的高冷女王。

第一次見到梁酒酒，周思年的腦海也立刻就浮現出她的名字，她想，或許這是屬於這個世界的自己的記憶，與她的精神意識達到了某種頻率的相同，所以相通。

「一大早的怎麼都聚在這裡啊！」一個男生突然抱著籃球出現在大家面前，他的頭髮染成棕色的，一手搭上一旁江誠光的肩調侃：「行啊！今天早上你們倆又做什麼了？一進校門我就聽見一堆學妹在嘆氣，你也不怕教官找你們約談。」

「別鬧。」江誠光手握拳擊在他的胸口。

他叫蘇洋，也是這班的，因為長相陽光帥氣，又是籃球校隊的一員，也算是學校裡的風雲人物。

「欸，別說我不夠義氣，我剛剛經過辦公室的時候聽到的，今天英文老師請假，跟體育調課。」蘇洋說完還比了個大大的剪刀手，笑得比窗外的豔陽還要燦爛，晃得教室裡一票女生春心蕩漾。

「我今天沒帶防曬啊……」宇時悅哭喪著一張臉，不知道的還以為是天要塌了。

「反正我是一定不打球的。」梁酒酒一副無所謂的樣子涼涼道。

「那節體育館剛好有籃球比賽，要不妳們去幫我們加油吧！」蘇洋靠近周思年的耳畔小聲道：「阿光也要下場喔！」語末他還故意眨了眨眼。

最後周思年和宇時悅還有梁酒酒一起去了體育館。一個沒有帶防曬，一個堅決不運動，所以最完美的選擇當然就是到室內看籃球賽。

看台區上滿滿都是人，絕大多數都是女生，球隊經理站在正中間第一排的三個空位前朝她們招手，看樣子是蘇洋和江誠光幫她們留的位置。

比賽前五分鐘，兩隊選手總算都入場。江誠光和蘇洋一走出來，看台上的氣氛就像是火柴點燃瓦斯桶，瞬間熊熊燃燒。江誠光朝周思年走來，他把手上的毛巾和水遞給她，這一笑不只讓周思年的臉頰發燙，恨不得找個洞鑽進去，後方的女生們更是像被炸了鍋似的，熱血沸騰，感覺天花板都要掀了。

「我都不知道……他們人氣這麼高……」周思年小聲地嘀咕。

宇時悅用大喊的回應她，但聲音還是被現場的嘈雜掩蓋掉大部分，「大、家、都、是、衝、著、他、們、來、的、啊！」

江誠光不是籃球隊的，今天純粹是因為隊上有人受傷無法出賽，所以蘇洋找他來幫忙。難得能看見江誠光和蘇洋同時在球場上，這閃亮的程度簡直比拿到稀有卡中的節日限定SP還讓人興奮，只有梁酒酒捂著耳朵，皺眉吐出兩個字：「花癡。」

籃球賽在轟轟烈烈的氣氛中熱鬧展開，只要是江誠光或蘇洋得分，看台區就會響起陣陣尖叫，震耳欲聾。周思年盯著球場上奔馳的江誠光，她的心似乎也跟著他上下起伏。

明明場上那麼多人，但她總是能一眼就看見他的身影。

蘇洋把球傳給江誠光，江誠光躲過眾多防守，在最後一秒把球投入籃框，全場瞬間爆起熱烈地喝采，蘇洋在場上和江誠光擊掌。

比賽結束後，隊員們相互搭肩回休息室，江誠光不知道和蘇洋說了什麼，獨自一人朝周思年走來。

觀眾已經差不多都散場了，宇時悅看見江誠光過來，很貼心地拉著梁酒酒先離開，「我們先去後面找蘇洋啊！」

周思年和她們道別，等江誠光走近，她才把毛巾和水遞給他，祝賀道：「恭喜你們啊！很精彩！」

「很久沒上場了，生疏了。」他靦腆地接過毛巾。

「沒有，我覺得你打得很好，真的。」

「是嗎？」江誠光揉揉她的頭髮，笑道：「我很開心。」

周思年之前只有偶爾會有一點異樣的感覺，但最近看見江誠光的笑容，她的心跳總會驟然失速，險些招架不住。

他真的是一個很容易讓人喜歡上的人，長得好看不說，還溫柔體貼，不怪那麼多女孩子心儀他。

晚上籃球隊因為比賽勝利所以要開慶功宴，蘇洋邀請江誠光去參加，不過他推掉了。

「這樣真的好嗎？」江誠光牽著腳踏車走來，周思年坐上了後座。

「沒關係，我本來就不是籃球隊的人，只是去幫忙而已。」

有了第一次後就不再那麼彆扭了，看著他的背影，周思年有時也覺得很不可思議，又有一點羨慕——羨慕這個世界原來的周思年。她有這麼一群好朋友，還有一個無時無刻都像溫潤的白月光一樣，聰明又帥氣的男朋友。

在原來的世界裡，和江誠光這樣的人在一起，是她一輩子都沒有的運氣。

「想知道我為什麼沒有去慶功宴嗎？」

「為什麼？」周思年抬頭。

「因為我想跟妳一起慶祝。」江誠光的聲音在風聲中忽隱忽現，卻清晰地傳進她的耳膜。

周思年的臉頰有些發燙，偷偷地抓緊了江誠光的衣角，沒有回話。

嗯……他真的，很會撩。

明明都不是刻意的，卻每次都讓她小鹿亂撞。

江誠光帶周思年到一間很復古的小店，門外亮著昏黃的燈光，周思年跟著他進去，一開門就聽見貓叫：「喵嗚。」

「這裡是……」

江誠光眨了眨眼，笑道：「我的祕密基地。」

這是一家寵物餐廳，從進來到現在，周思年數了數，至少看見了十隻不同的貓咪。

「這邊感覺好像一間貓咪幼稚園喔。」餐點還沒送來，周思年摸了摸經過她身邊的貓，不由地笑道。

「這還是我第一次聽到有人這麼形容，不過被妳這樣一說，確實挺像的。」

一隻優雅的白貓跳到江誠光的腿上，喉間發出一聲呼嚕，找了個舒服的姿勢就趴在上面不肯下來了。

「每次我來的時候淘淘都會過來。」江誠光輕撫著那隻叫作淘淘的毛。

「你很常來嗎？」

「嗯，有空就會過來。」江誠光解釋道：「其實牠們原來都是流浪貓，餐廳的老闆非常喜歡貓，所以就收留了牠們。」

老闆是個日本人，小店裡只有他一個人在忙碌，餐點送上來的時候他說了幾句話，雖然中文不是很好，但笑容卻讓人感覺很溫暖。
「怎麼了？盯著我看。」江誠光喝了一口湯，抬眸就看見周思年望著他出神。
周思年一手支著下巴道：「我本來以為你會是喜歡狗狗的那種人，特別是那種大型狗，可是現在發現，貓或許更適合你。」
因為他們似乎都有種獨特的氣質——優雅從容。
「是嗎？不過妳猜得也沒錯，我家真的有養狗，還是大型狗拉布拉多，叫『元寶』。」
「欸？真的嗎？」周思年瞬間瞪大雙眼。
「嗯，下次帶妳去看。」
「好啊！」想到拉布拉多，周思年的腦海裡就浮現出某牌衛生紙上的小狗，好奇地問：「你是從小養到現在的嗎？」
「嗯，大概在牠一個月的時候，現在已經九歲了。」
聽說狗的一歲等於人類的七歲，這樣換算下來，江誠光家的狗也已經六十三歲了。
「感覺有點年紀了呀！」
「是啊！不過牠是我最好的夥伴。」
回家後周思年躺在床上滑手機，上面突然跳出訊息通知，江誠光給她發了張照片，是一隻拉布拉多。如果她沒猜錯，應該就是他們家的元寶。
她剛傳了個貼圖回去，宇時悅就用LINE打了電話過來。

「聽說今天江誠光沒去慶功宴啊！」

「妳怎麼知道？」

「蘇洋說的呀！」宇時悅在電話那頭笑著調侃她：「江誠光是找妳慶祝去了吧！」

「妳不會跟蹤我們吧？」周思年狐疑問。

「誰跟蹤妳了？拜託，你們還需要跟蹤嗎？用膝蓋想也知道他肯定單獨跟妳去約會了。」她又不傻！

周思年覺得臉有點燒，輕咳了聲轉移話題：「妳打電話來不會只是想確認這件事吧？」

「噢對，差點忘了，妳知道吧！我們學校的傳統，三年級最大的活動就是以班級為單位的話劇比賽。」

周思年還真不知道，雖然學校是原來的那間，但還是有一些地方和過去不太一樣。她打馬虎問：「怎麼了嗎？」

「我是學藝股長啊！比賽的時間是開學後沒幾週，但話劇是需要排練的，所以我打算明天班會課的時候先提出來討論，妳能給我點意見嗎？」

「有規定劇本一定要原創嗎？」

「可以原創，或者用已經有的故事改編。我覺得改編比較容易，對負責編寫劇本的同學壓力負擔也比較小，畢竟我們都要升高三了，明年就要面臨大考，很多班級其實不想把這件事情看得太重，但我覺得既然是班級活動，我們也決定要參加，那就要做到最好。」

「那我想想，等等傳給妳吧！」

隔天的班會課，宇時悅上台大概說明了一下，把大家的建議都寫在黑板上，最後投票選出來的故事是《小美人魚》。

＊

身為學藝股長宇時悅的好朋友，理所當然都得加入這場話劇比賽當中。

「可以不要嗎？」梁酒酒對於這個決定表示百分之兩百的不滿意。

「不行！」宇時悅大聲拒絕，隨後又拉拉她的手，軟聲軟語道：「酒酒，我知道妳有在寫小說，妳最有天賦了，我們班除了妳，誰能勝任編劇這個最偉大且最重要的職位呢？」

「……」事實證明，梁酒酒的耳根子軟，先給一巴掌再給一顆糖的這種方式對她很受用。

江誠光演王子，大家一致高票通過，一點反駁的聲音都沒有，周思年是江誠光的女朋友，直接被大家拱上小美人魚的角色了。

放在原來的世界裡，主角這種角色和她肯定八竿子打不著。

蘇洋是導演，因為他說以他帥氣的顏值，除了王子什麼都不能演，宇時悅偷偷在他沒看到的時候翻了個大白眼。

宇時悅自己演的是在陸地上那個喜歡王子的女孩。她笑得跟個巫婆似的，既然女主角沒了，這要把江誠光搶走的角色就變得搶手起來，不知道多少女生想要，最後她用學藝股長的職權為自己拿下這個角色。

排行第十二位的小美人魚，頭上當然有十一個姊姊，為了增加「笑果」，這十一個「姊姊」……咳，就全部都由班上的男生來出演了。
大家決定每週三、五固定留下來排練。今天排練的場次是小美人魚用聲音跟巫婆換人類雙腳的那一幕。
而反派巫婆最後由蘇洋擔任。
「為什麼是我啊！？我都當導演了！」
「因為沒人了。」
「我看起來這麼陽光，像巫婆嗎？你們自己摸著良心說說！」
梁酒酒一臉「我是編劇我最大」的姿態，拋了個眼神給宇時悅要她解釋。
「你不知道人都會有一種心理，越是得不到就越想要嗎？所以啊，你越是陽光，演這種陰沉黑暗的角色越容易讓人感覺到驚喜啊！」語末宇時悅偷偷附上蘇洋的耳旁道：「放心吧！不會虧待你的！我向你保證！」
蘇洋挑眉，一臉懷疑地看著嘿嘿壞笑的宇時悅，又看了眼梁酒酒，最後還是無奈妥協了。
梁酒酒決定的他還真不敢反抗，等一下萬一她一個不爽不幹了，他這導演上哪再找個編劇呀？宇時悅會殺了他的。
反正巫婆的戲份也就這麼幾幕，他就勉為其難犧牲一下吧！
周思年不是專業的演員，為了讓自己看起來淚眼汪汪很傷心的樣子，她先點了幾滴眼藥水，穿著租來的美人魚尾巴坐在暫時用來代替石頭的矮凳上。
排練正式開始。

「嘿，小美人，我能幫妳什麼忙嗎？」蘇洋穿著黑色的斗篷，帽子蓋住了他的眼睛，他刻意壓抑自己的原聲，用乾扁的嗓音問。

還好為了配合他，梁酒酒把巫婆這個角色改成了男巫師，這也是他最後肯答應出演的原因。

他這輩子絕對不演女的！

這個陰影對蘇洋來說實在太大了，因為他小時候長得乾淨漂亮，皮膚白皙軟嫩，頭髮還有點自然捲，蘇母只生他一個獨生子，總是喜歡把他當女孩子打扮，那每一張照片就代表著一次黑歷史啊！他那個老媽又老是喜歡引以為傲地拿出來，獻寶似地給別人觀賞，讓他每次都想找個地洞鑽進去。

「我……喜歡上陸地上的王子，所以我需要一雙人類的雙腳。」小美人魚鼓起勇氣回答。

「哦？真的那麼喜歡那個人？」

「對，很喜歡他。」她堅定道：「我不求跟他在一起，我只想再見他一面。」

「我可以實現妳的願望，但每個願望都是要付出代價的，妳要拿一件妳最珍貴的東西來交換，妳願意嗎？」巫師問。

「不管付出任何代價，我都願意。」

「好，那麼……我要妳的聲音作為代價。」教室左邊角落的的同學接收到指示，打開電風扇，四周突然颳起一陣強風，巫師的帽子被吹下，戴著銀色假髮的蘇洋抬眸，他凝視著周思年，眼神中有某種複雜的光在閃爍，似有什麼在不斷翻湧。

「卡！」

兼任副導演的宇時悅豎起大拇指稱讚：「我覺得很棒。」

梁酒酒在一旁點點頭，作為編劇，她很滿意看見他們把她心中的劇情充分地展現出來。

旁邊的其他同學也跟著鼓掌，蘇洋一臉驕傲地和江誠光擊掌，「怎樣，我是不是挺有天賦的？」

小美人魚的戲份很重，周思年先去一旁看等等下一場要排練的台詞了。

江誠光目光追隨著周思年的背影，漫不經心地答：「嗯，很好。」

蘇洋的臉驀地遮住江誠光的視線，「欸，你再看眼睛都要脫窗了，不過就是一場戲嘛！你待會不是也會跟她對到嗎？」

江誠光沒有回答，陷入了自我沉思，良久，他認真地看著蘇洋，「我有件事想跟你說。」

「他們要去哪？」梁酒酒剛轉頭就看見蘇洋和江誠光一前一後離開排練室，皺眉問。

下一場就是江誠光的戲份了，要是找不到人會很麻煩的。

周思年望著他們離開的方向推測：「可能去廁所吧？反正現在是休息時間，應該等等就回來了。」

宇時悅嘖了一聲，瞇起眼揶揄道：「我看不是，這是出去決鬥了。」

「決什麼鬥啊？」被她這麼一說，其他人也紛紛好奇地湊了過來。

「你們沒看到剛剛蘇洋跟思年對戲時那深情的樣子嗎？我看估計是正宮吃醋了，下戰帖呢！」

宇時悅摸摸下巴，一副看好戲的表情。

她一說完大家就沸騰了，十一位「公主」穿著人魚裝就想往門口跳去，畫面太過獵奇，看過去就像是十一個小丑一樣滑稽。

梁酒酒坐在椅子上，不緊不慢地開口，似陰惻惻的冷風拂過，「誰要是敢現在走出這個排練室，我絕對讓他的戲份變得很、精、彩。」

話音一落，人魚哥哥們各個含淚回頭。

江誠光和蘇洋回來時表情正常，臉上乾乾淨淨，衣服也很整齊，一點都沒有打過架的痕跡，宇時悅見狀有些失望，唉，她還期待有些什麼呢！

繼續排練前，他們一起去找梁酒酒，三人不知道說了些什麼，不過看似達成了某個共識。

趁著蘇洋在旁邊休息，宇時悅躡手躡腳地走到他身邊打算從他這裡套話，但都被蘇洋打哈哈蒙混過去了。

另一邊正在對戲的周思年也好奇地問了江誠光：「你們兩個沒事吧？」

「為什麼這麼問？」

周思年沒好意思開口，總不能直接跟他說怕他們兩個因為她而打起來吧！她又沒那麼自戀。

她輕咳一聲，隨便找了個藉口：「就是看你們兩個剛剛單獨出去了很久。」

「放心吧！沒什麼事，我們就是討論了一下戲份和劇本的問題。」江誠光幫她把額前的碎髮勾到耳後。他們這區自成了一個透明屏障，裡面全是粉紅色的小泡泡，眾人硬是被迫吞了一整桶狗糧。

「有什麼問題嗎？」

「祕密。」江誠光把食指放在唇上，雙目含笑：「演出那天妳就知道了。」

結果直到最後，除了蘇洋和江誠光這兩個當事人，還有身為編劇的梁酒酒，沒有人知道他們到底談了什麼。

而話劇比賽當天，卻因為一件意外被迫中斷。

第二章　灰色世界

早上七點，江誠光一如既往騎著腳踏車到周思年家載她一起去學校，途中遇上同樣騎車上學的蘇洋，江誠光在接近校門口的人行道上先放周思年下車，自己才和蘇洋將腳踏車停到學校的車棚內。

周思年一到大門口就發現前面站著不少人，原本空曠的校門被擠得水洩不通，只留了一條小道讓學生進出，現場還有不少教官在忙碌指揮，大門內外則停滿了警車和新聞台的ＳＮＧ車，甚至拉起了封鎖線。

現在是早自修時間，距離第一堂課還有半小時左右，放眼望去，走廊上全是一群又一群看熱鬧的學生，大家都在交頭接耳，竊竊私語地說著什麼。

周思年進到教室，放下書包後走到梁酒酒的座位旁問：「發生什麼事了？怎麼那麼多警察在學校？」

「早上有人在東側教學樓一樓的女廁裡發現死人了。」梁酒酒淡淡道。

周圍同學的驚恐和不安好像都與她無關，不管發生什麼事，梁酒酒永遠都是這副處之泰然的樣子。

宇時悅不知何時也靠了過來，用只有她們三人能聽到的聲音小聲地說：「據說那個人……是隔壁班的謝瑪童。」

「謝瑪童？」

周思年對這名字倒是有點印象。他們兩班的體育課是同個老師一起上的，謝瑪童不怎麼愛說話，總給人一種陰沉沉的感覺，大家分組練習的時候，她也都是自己坐在場邊不參與，典型的那種「邊緣人」，存在感特別低，也沒看見她有什麼比較好的朋友，如果不是因為長得漂亮，一張瓜子臉搭配一頭柔軟的烏黑長直髮，甚至都不會被人注意到她。

有一次體育課，周思年因為生理期不舒服到場邊休息，其他人都在練習期中要考試的項目，只有謝瑪童獨自一人坐在角落。周思年覺得無聊，便主動過去和謝瑪童搭話，但說了幾句人家都沒有要回她的意思，正當周思年打算摸摸鼻子閉上嘴的時候，謝瑪童卻開口了。

「妳覺得這個世界是什麼顏色的？」她的聲音軟軟糯糯的，跟她平時給人那種陰森森又不好相處的感覺大不相同。

周思年愣了一下，半晌才答：「彩……色的？」不知道為什麼，明明是個這麼簡單的問題，但回答的瞬間，她卻覺得心裡有個聲音在反駁。

「是灰色的喔！」

謝瑪童的聲音拉回她的思緒，周思年下意識反問：「為什麼？」

「因為這個世界從來就沒有所謂真正的黑和真正的白，只有擁有畫筆的那個人才有決定權，他說黑就是黑，說白就是白，他能把白說成黑，也能把黑說成白。」

謝瑪童的話像繞口令一樣，她的雙眸始終沒有焦距地望著前方，也不理會周思年有沒有聽懂她說什麼，自顧自地繼續道：「如果無法擁有畫筆，那就將調色盤打翻吧！」

謝瑪童自始至終都沒有看周思年一眼，但周思年卻在聽見她的回答後肚子突然絞痛了一下，浸出一身冷汗。

後來回想起來她才覺得後怕，為什麼自己會有一種莫名認同的感覺？

「聽說現場可嚇人了，早上打掃的阿姨一打開門，一個人影從裡面九十度倒了出來，謝瑪童雙眼瞪得老大，直盯著人瞧，把那老太婆嚇得三魂七魄都飛了大半，差點當場暈在那裡。警察趕到時發現她的左胸口上插著一枝鋼筆，渾身都已經僵硬了。」

宇時悅描述地繪聲繪影，簡直像古代的說書人一樣，講到後面越來越激動，聲音也不受控制地不斷加大，彷彿她親眼所見一般，其他人也被她的聲音吸引，默默地靠了過來，霎時她們周圍就以宇時悅為中心圍成了一個小圈圈。

「欸你們看！」

走廊上突然有人驚呼，大家紛紛跑到外面查看，周思年順著眾人的視線往下望，是隔壁班的班導帶著一個女生走向警方。

「那誰啊？」從這個角度，周思年看不見那人的臉。

「隔壁班的范允馨。」梁酒酒回答。

「我剛剛還沒說完呢！」宇時悅也湊了過來，「妳們猜怎麼著？插在謝瑪童胸口上的那枝鋼筆，就是范允馨的。」
「那上面有寫名字嗎？不然妳怎麼確定？」周思年反問。
「她之前自己拿出來在他們班上炫耀的啊！那枝鋼筆就是她爸爸從國外特別訂製給她的生日禮物，全世界獨一無二，上面還刻了她的英文名字，聽說一枝要價十幾萬呢！」
宇時悅看著底下有警察上前把范允馨帶到一旁問話，嘴上繼續道：「那枝鋼筆范允馨寶貝的很，根本不讓別人碰，而且謝瑪童手機裡收到的最後一則訊息，就是范允馨約她見面，她的嫌疑當然最大了。」
「這妳都知道？」周思年不可思議地張大嘴巴。
宇時悅拍拍自己的胸膛，驕傲地昂首，「開玩笑，我可是宇時悅欸！就沒有我查不到的。」
「她哥哥是警官。」梁酒酒毫不留情地戳穿她高大偉岸的形象。
宇時悅有個大她十歲的哥哥，這次也負責這起案子。
「噓……這事你們千萬不能跟別人說，我是從我哥的電話裡偷聽來的。」
今天早上是宇時風開車載宇時悅來學校的，他奉上級機關的命令要到現場查看，順道繞過來接她。宇時風一路上都神情嚴肅地和人通話，宇時悅坐在副駕駛座上安安靜靜地聽著，這才知道學校出大事了。
「妳講得那麼大聲，全世界都聽到了好嗎！」一道宏亮的聲音打斷她們的對話。
蘇洋和江誠光出現在她們三人的身後，也不知道到底聽到了多少。
「走路不會出個聲啊！不知道現在是非常時期嗎？人嚇人會嚇死人的！」宇時悅翻了個大大的

白眼。

「不做虧心事，不怕鬼敲門啊。」蘇洋挑了挑眉，似笑非笑地問：「還是……妳做了什麼不可告人的事？」

「去死吧！」宇時悅忍不住踹了他一腳，被蘇洋笑呵呵地躲開了。

梁酒酒輕咳一聲打斷他們的嬉鬧，分析道：「其實范允馨的嫌疑最大也是意料之中，我看過她帶著幾個女生一起欺負謝瑪童，而且還不只一次。」這種事情她肯定沒少做，大家也都心知肚明，不過謝瑪童自己都沒說什麼，也沒有人想去淌這渾水，所以都當不知情罷了。

可能也有人和老師說過，但范允馨成績好，她爸爸還是家長會長，老師不好得罪，再說了，學校裡有小團體是很正常的，高中老師基本上也不太管事，不過現在出事的是他們班，就算沒有這些證據，她也一定會被警方約談。

「你們看。」江誠光忽然往下一指，眾人隨著他的視線望去，一對穿著不凡的男女走到了范允馨的身旁，他們的身後還跟著一位西裝筆挺，手上提著公事包的男子。那人上前和警方說了些什麼，從西裝內側口袋裡拿出了一張名片遞了過去。

蘇洋勾起嘴角，譏笑道：「那應該是范允馨的父母吧！連律師都帶來了，速度可真夠快的。」

蘇洋對范允馨的印象本來就不好，因為之前一起上體育課時范允馨總會有意無意往他和江誠光身上撞，還老愛跟他們裝熟，所以除了體育課避不開外，其他時間只要看到她，蘇洋都是能躲就躲，有路絕對繞道走。

「看來今天的話劇比賽應該會取消了。」江誠光喃喃道。

八點第一堂課的鐘聲一打，大家一窩蜂回到座位上，沒多久班導就走了進來，不過手上並沒有拿這節課的上課用書。

他雙手撐在講台上，目光掃過台下一圈，面色嚴肅道：「今天學校發生了一點事情，我知道同學們很好奇，但請不要以訛傳訛、誤信謠言，所有的一切警方都還在調查中。剛才學校臨時決定，今天所有人放假一天，原定下午的話劇比賽也會延後，大家都趕緊收拾書包回去吧！記住，不要在學校逗留，如果被教官或老師看到，會直接記過處分。你們明年都要準備升大學了，應該知道記過對你們未來的升學是會有影響的。」

雖然出了這樣的事，但畢竟不是發生在自己身上，感受也就沒那麼強烈，一聽到學校說今天放假，大家都樂了，紛紛收拾書包回家。

無緣無故賺了一天假，蘇洋乾脆約大家一起去吃冰，冰店裡，五人圍坐在一起。

「你們對今天這件事怎麼看？」宇時悅問。

梁酒酒難得主動發言：「沒那麼簡單。」

「我也這麼覺得。」蘇洋附和。

「你們不覺得很奇怪嗎？」周思年提出疑點：「如果真的是范允馨殺了謝瑪童，她那麼聰明，怎麼可能用她爸爸送給她的鋼筆？這辨識度太高了，而且上面一定會有她的指紋，一查就會知道是她的了。」

「可是那則訊息又要怎麼解釋？」宇時悅提出疑惑：「她就那麼剛好在那天傳了訊息給謝瑪

童？而且還要她放學後一定要來，如果不來就把『真相』都告訴大家。她說的『真相』到底是什麼？」

「先不管真相到底是什麼，目前唯一能肯定的是，謝瑪童一定有什麼把柄在范允馨手上，所以她才會對范允馨言聽計從，連被欺負都一聲不吭默默忍下，但這並不能代表就是范允馨殺了謝瑪童，她是有動機，不過並不強烈。」梁酒酒一手支著下巴喃喃道：「如果說謝瑪童沒有赴約，那麼范允馨頂多也就是把所謂的『真相』公布給大家知道而已，她為什麼要多此一舉殺人呢？」

眾人陷入一陣沉默。

半晌，蘇洋試探性地說出自己的猜測：「你們說……有沒有可能正好就是謝瑪童赴約了，她知道自己有很重要的把柄握在范允馨手上，所以心念一動，打算乾脆殺了她一了百了，結果沒想到她們起了爭執，最後反被范允馨誤殺了？」

「也是有這個可能……」宇時悅點點頭，但又有些不確定，「可是我總覺得謝瑪童不是這樣的人，你看她平常那模樣，整個人畏畏縮縮的，連走路都是低著頭的，而且會避開人多的地方，別說是要她殺人了，我估計她連螞蟻都捨不得殺。」

周思年贊同道：「我也這麼覺得，如果謝瑪童有膽子殺人，又怎麼會任由范允馨威脅她還乖乖聽話呢？」

「狗急了也是會跳牆的啊。」蘇洋反駁：「電視劇不都是這麼演的嗎？看起來最不可能最無害的，往往才是最變態的嘛！」

「我都不知道你還會看電視劇呢！」宇時悅睨了他一眼，「我還以為你們男生都只看球賽而已。」

江誠光突然插話進來，提出了另一個假設：「也有可能是有人記恨她們兩個人，又恰好無意間知道了她們之間的祕密後，趁機殺了謝瑪童，然後嫁禍給范允馨也說不定。」

周思年本來正用湯匙挖了一口冰遞到嘴邊，聽見江誠光這樣說，腦海中倏地就浮現了他描述的那個畫面，手不自覺地抖了一下，那口冰也掉到了桌上。

「這樣也太可怕了……」

「別怕，我只是假設而已。」江誠光摸摸她的頭安慰道。

梁酒酒吃掉碗裡最後一口綿綿冰，「反正不管怎麼樣，等警方破案那天就會真相大白了。」

宇時悅頓時就來了勁，激動地拍了下桌子，巨大的聲響引得店裡的人都朝她看過來。她信誓旦旦地握起拳頭，自告奮勇道：「這件事就交給我吧！我一定不負辱命，為大家帶來更多第一手的偵辦消息！」

＊

這幾天隔壁班陸陸續續有同學被約談，雖然大家還是照常上課，但是謝瑪童案的兇手還沒抓到，空氣中總是瀰漫著一股緊張和恐懼交織的味道。

早上第二節課上到一半，教官和班導帶著兩個便衣警察突然出現在周思年的班級外面，叫了幾個男同學去問話。

被叫到名字的人心裡害怕，沒被叫到名字的擔心自己會是下一個也害怕，原本已經很不安定的氣氛更加躁動，人心惶惶。

好不容易熬到下課，江誠光和蘇洋決定去教官室那裡打探打探，再度回到教室時，兩人的臉色都不怎麼好看。

「怎麼樣怎麼樣？到底怎麼回事？為什麼他們幾個會被叫去啊？」宇時悅把他們拉到梁酒酒和周思年的座位旁，壓低聲音急切問。

江誠光攤手道：「沒聽到太多什麼資訊，只聽見他們隱隱約約說到了什麼『影片』。」

「影片？我記得他們幾個上禮拜好像是有圍在一起看過什麼影片。」梁酒酒努力在腦海中裡搜索，半晌無奈地搖搖頭，「不知道他們看的是什麼，我只記得他們乎討論得挺熱烈的。」

「被妳這麼一說我倒是想起來了。」蘇洋一手握拳，敲在另一隻手的掌心上，「上禮拜我也收到了一封email，是一個影片連結，但不知道是誰寄的，我怕有病毒就沒點開，直接丟進垃圾桶了。」

他邊說邊拿出手機點開自己的信箱，翻了一陣後果然找到了那封郵件，他立馬點開，眾人緊張地屏息等待，但畫面加載了許久，最後卻只出現了一句英文表示「影片已被刪除」。

被約談的人陸續回來，大家都好奇他們的談話內容，但學校特別交代不能透漏半個字，所以所有人都三緘其口。

五人互看了一眼，心照不宣達成了共識。

下節是音樂課，班上的同學三三兩兩前往音樂教室，蘇洋趁大家沒注意，眼明手快拉住了今早被約談的其中一人把他帶回教室。因為上課鐘已經響了，所以教室裡面只剩特意留下來的宇時悅、梁酒酒、周思年和江誠光。

「小高，老實招來，教官到底跟你們談了什麼？」他們幾個把人圍在中間，宇時悅雙手撐在桌上，企圖製造壓迫感，從上而下俯視著整個人都快要縮進座位裡的小高。

他是那幾個男生中膽子最小的，理所當然成了最好的突破口。

「你、你們就別問了，我不會說的。」小高的眼神四處亂瞟，就是不願和他們任何一人對到眼。

「別拖拖拉拉的，你想被記曠課嗎？」梁酒酒是班上的副班長，出缺席紀錄都是她在管的，此時正好拿這個出來威脅他。

小高一臉快哭了的模樣，哀求道：「拜託你們別為難我了，要是被老師知道我就死定了！」

「我們保證，除了你們被叫去約談的人，只會有我們五個人知道，絕對不會傳出去的。」周思年放軟了語氣試圖說服他。

蘇洋忽地揚起嘴角，燦笑道：「既然這樣，我們就打到你說為止吧！」語末他將雙手交握在胸前，發出喀拉喀拉的骨頭舒展聲，「放心，我們會打在看不見的地方的，保證沒人知道。」

但小高的嘴巴閉得比蚌殼還緊，拚命搖頭，「你們就是打死我我也不會說的！」

小高哪裡經得起這樣嚇，臉色刷一下就白了。

江誠光趁勝追擊：「還是說……就是你殺了謝瑀童？」

「不是我不是我不是我，真的不是我！跟我沒關係！我說！我說！你們放過我吧！」

蘇洋拍了拍小高的肩膀，又看了眼手腕上的手錶道：「早點這樣不就完事了，真是的，看看浪費多少時間了。」

「我說了……但是你們、你們要保證，絕對、絕對，不能跟其他人說！」

「快說。」梁酒酒已經等得不耐煩了。

小高左右張望了一下，確定沒有其他人，小聲地道：「警察找我們……是要問那段影片的事。」

「什麼影片？」

「就是上禮拜……我們幾個男生的信箱裡突然收到一個連結，點開後……」

「繼續啊！點開了然後呢？」周思年著急地問。

「那是一個……咳咳，『那種影片』。」

宇時悅很想一個拳頭招呼過去，「那種影片是哪種影片？你以為我們會通靈嗎？說清楚！」

「就是性愛影片啦！A片！懂了嗎？」

「真噁心。」梁酒酒忍不住露出一個嫌惡的表情。

他們都是高三生，有些人甚至已經滿十八歲，其他的人也都是「準大人」了，在這樣的青春期會對這方面感到好奇也不意外。

「那個影片怎麼了？」蘇洋切入重點。

小高支支吾吾了許久，宇時悅最受不了的就是講話結結巴巴的人，她的忍耐已經到了臨界點，只差一點小小的星火就會原地爆炸。

小高被圍在他們中間，每個人都用那種居高臨下的眼神俯視著他，盯得他頭皮發麻。他在心裡百般掙扎，又經過了千人拉鋸後終於敗陣下來，「影片裡的女主角……」他吞了口口水才道：「就是謝瑪童。」

轟——

這句話無疑是在一汪平靜無波的湖水中投下一枚深水炸彈，炸得眾人恍恍惚惚，一時間竟只徒留沉默無聲蔓延。

「你確定？」

「一開始我們也不確定，因為畫面裡沒有拍到她的全臉，但不知道從哪裡傳來的消息，說是謝瑪童出去賣，後來大家好奇，就都去他們班外面跟本人比對了一下，然後就確定是了。不只我們幾個人，其他班很多男生也都收到了。」

周思年一群人跑到吉他社的社團辦公室裡吃午餐，江誠光是吉他社的幹部，所以他有鑰匙。在教室裡討論謝瑪童案實在太不安全了，他們五人思來想去後，還是覺得這裡最保險也最安全，因為不是社團上課時間，基本上不會有人進來。

「這樣一切就解釋得通了。」周思年捧著飯盒道：「難怪上個禮拜隔壁班那麼熱鬧，一到下課總是莫名其妙出現一堆男生在他們班外面徘徊。」

「真可惜那個連結已經打不開了。」蘇洋感嘆道。

江誠光不以為意，「警方一查到這個線索，肯定立刻就封鎖撤除了。」

梁酒酒聽見蘇洋的話後就沉下臉，語調難得有起伏，卻很是嚇人，「你想看？」

蘇洋驀地一陣頭皮發麻，趕緊呵笑撇清，「沒有沒有，我就是想了解了解案情，幫助破案嘛！」

宇時悅狠狠瞪了他一眼，「你們男生就是下半身思考的動物。」

「妳這樣可是把阿光都罵進去了啊！」蘇洋朝江誠光的方向努努嘴，後者對於躺著也中槍這件事已經完全無言，索性也就不糾結辯駁了。

「說正題吧！」江誠光把話題帶了回來，「如果我猜得沒錯，那個影片就是范允馨用來威脅謝瑪童的東西，也就是她說的那個『真相』。」

「所以謝瑪童才會對她言聽計從，因為她怕這件事被爆出去。」這樣就說得通了。

「可是事實是，這個影片在謝瑪童死前就已經被流傳出去了，那到底是誰傳的呢？」

眾人面面相覷，一時無言。

結果直到午休結束，他們所有人想破頭也沒想出個答案。

剛開始新聞還鋪天蓋地大肆報導，天天都有記者來蹲點，但學校有意壓下謝瑪童命案，加上後來因為發生了更嚴重的捷運殺人事件，這件事也就漸漸淡出了大眾的目光。

*

日子一天天過去，學校的作息也恢復正常，謝瑪童的死對大家來說就是一則「別人的故事」，慢慢地不再被人關注，而自從謝瑪童命案發生，范允馨被警方找去約談，之後她就沒有再在學校裡出現過。

一開始范允馨仗著自己父親在政界有一點門路，加上律師也說他的當事人有權保持緘默，所以她做筆錄時仍有所保留，但警方所掌握的凶器加監控錄像，以及所有證詞、證物都對范允馨很不利，幾乎件件都指向她就是殺害謝瑪童的兇手。

這起案件被媒體報導後已經引發政府高層關注，上頭施壓要求限期破案，若不是范允馨的殺人動機不足，還有她父親在其中周旋，早就以她是兇手定案了。

後來在審訊的過程中，范允馨終於不堪一次次的精神折磨，向警方供出將謝瑪童的性愛影片流出去的人——蔡秉昇。

這個年紀的少男少女不是剛成年就是即將成年，總是對那條從青少年到大人間的界線感到好奇，在一次因緣巧合下，范允馨認識了蔡秉昇。

他的年紀比范允馨稍長，長長的瀏海遮住了他陰冷的雙眼，卻仍然掩蓋不掉他身上那種叛逆沉鬱的氣質。

五光十色的夜店裡，人與人的身體瘋狂扭動摩擦、肆意放縱，蔡秉昇就宛如炫光中的黑洞，只消一眼，范允馨便感覺到體內某種東西在無聲地叫囂，拚命地將她朝他拉近。

「禁忌」這種東西有著莫名的吸引力，越是不能觸碰，就越讓人想一探究竟。

幾次見面之後，范允馨把自己的第一次獻給了這個陌生的男人，她就像是初嘗禁果的夏娃，從此掉進了情慾的漩渦，無法自拔。

他們的關係不是男女朋友，頂多算是砲友，因為蔡秉昇是屬於黑暗的，范允馨雖然被他身上那股不同的氣質吸引，但家境不錯讓她自小眼高於頂，心底還是瞧不起蔡秉昇這種在夜店裡工作的人。

范允馨常往夜店跑，某次經過包廂，偶然撞見謝瑪童在陪酒，平常她就看謝瑪童那副高冷的模樣不順眼，加上每次考試成績總是輸她，讓她徹底燃起忌妒和厭惡的心，於是她找了蔡秉昇幫忙，錄下謝瑪童在夜店裡「工作」的畫面，以此來威脅她。

范允馨常常和蔡秉昇抱怨謝瑪童，也因為這樣，蔡秉昇開始注意起這個女孩。

謝瑪童是真的長得很漂亮，眼神中那抹倔強與清冷，令她宛若一朵高嶺之花。明明在這樣骯髒的地方，心中卻還是抱著被救贖的渴望，就是這種渴望，激起了蔡秉昇想毀掉她的念頭。

看著謝瑪童徹底墜落，親手摧毀掉她眼中最後的灼亮，光是想像就讓他的血液興奮顫抖。

於是蔡秉昇找了機會接近謝瑪童，他沒告訴謝瑪童那段影片就是范允馨讓他偷拍的，只說他有辦法將它徹底刪除，條件是和他上床一次，謝瑪童當然沒答應。蔡秉昇多次談判不成，索性就要用強的，誰知道謝瑪童身上隨身帶著小刀防身，掙扎反抗的時候竟然揮刀在他的臉上滑了一道長長的口子。

蔡秉昇憤怒不已，一氣之下便將那段影片公布到網上，並從之前夜店辦活動時，客人為了抽獎而留下的資料中，找出幾個學校裡的男同學寄連結給他們，還在連結裡放入病毒，點開之後就會自動再傳送給其他人。

影片檔案只有范允馨和蔡秉昇有，范允馨得靠這個威脅謝瑪童，自然不會輕易把它流出去，所以當影片在網上曝光後，她立刻就猜到是蔡秉昇做的。

她跑到夜店找他理論，但蔡秉昇的反應卻彷彿她是一隻撒潑的猴子。

他的嘴角似笑非笑，語氣上揚，卻聽得讓人不禁泛起一身雞皮疙瘩，「妳現在是要找我算帳嗎？」

「你這樣做她要是破罐子破摔，去學校告訴老師我威脅她的事怎麼辦？」

「我又不是你們學校的學生。」

他一副無所謂的樣子令范允馨惱火，忍不住衝他吼道：「可我還在學校啊！」

「跟我有什麼關係？」

范允馨不可置信地倒退兩步。

瘋子。

蔡秉昇就是個瘋子。

直到現在她才終於看清他的真面目，她以為他是一隻有著致命吸引力的黑貓，卻沒想到，是一頭嗜血的狼。

蔡秉昇陰狠地警告道：「范允馨，我勸妳最好不要把我供出去。不然……我不介意讓全世界都知道妳在床上放蕩的樣子。」語末他打開手機裡的另一段影片，一聲又一聲的浪叫充斥著范允馨的耳膜，她看著那淫穢不堪的畫面，羞恥感讓她整張臉紅得像隻煮熟的蝦子。

「你什麼時候偷錄的！」他竟然有這種癖好！

他們拍到謝瑀童的影片頂多就是幫客人做口活而已，但她和蔡秉昇的影片可就是真槍實彈了，要是真流出去，她就完了。

「還有很多，想看嗎？」蔡秉昇捏住她的下顎，陰森森地凝視著她，那笑容令人發怵，范允馨覺得心裡一陣噁心，但他的力道太大，根本不容她反抗。

「我插進去的那瞬間妳的叫聲總是特別高亢，高潮的時候淫水像是不要錢似的，一直流一直流……」說到這裡，他似是食髓知味，還故意用舌頭舔了一圈嘴唇。

「你閉嘴！」范允馨渾身都在顫抖，但已經分不清是憤怒、羞恥，還是恐懼。

後來她再也不去那間夜店，甚至把蔡秉昇的所有聯絡方式都封鎖，試圖當作那些荒唐的事情從來沒有發生過，慶幸的是，蔡秉昇也沒有再聯絡她，但那些影片依舊在他的手上。

那是范允馨心頭的一根刺，只要一天不拔除，她就得永遠提心吊膽著，深怕哪一天網上的色情片主角就變成她自己，但她又不敢跟父母說，只能就這麼拖著，過一天算一天。

影片被大家流傳開來後沒多久，謝瑀童也知道了，她立刻就去找范允馨理論，可是范允馨自己還有把柄在蔡秉昇手上，所以當謝瑀童誤會是她故意將影片流出去的時候，她沒辦法辯駁，只能順水推舟：「是我發到網上的又怎樣？」

「妳答應過我的！我已經什麼都照妳的話做了！」

「但我不滿意啊！我就是看妳不順眼，影片流出去了對妳也好不是嗎？反正叫妳做什麼事妳每次都是心不甘情不願的，我看著也煩，現在這樣正好，以後我們就各不相干吧！」

自從影片開始在學校的男生們之間流傳，每到下課就會有別班的男生跑到他們教室外面朝裡頭看。謝瑀童沒有再去找范允馨，因為她自己已經自顧不暇了。

范允馨心中早已有盤算，這件事一旦被老師發現，謝瑀童一定會被學校處分，嚴重的話還會被退學。就算接受警方調查，謝瑪童有可能供出自己，但這件事本就是事實，她又不是幹了什麼殺人放火的勾當，況且她爸爸是家長會長，要將它壓下來也不是什麼難事，只是沒想到學校還沒找上謝瑪童她就死了，而且種種跡象都再再顯示，她就是那個殺死謝瑪童的兇手。

范允馨本以為鋼筆應該只是留在學校裡忘了帶回家就沒多想，誰知道隔天卻變成了殺死謝瑪童的凶器。

謝瑪童手機裡的最後一封訊息就是范允馨約她放學後見面，但范允馨確定，自己根本就沒有傳訊息給謝瑪童。警方檢查了她的手機，還原已經被刪除的內容，確認在那個時間點，她的確發了訊息給謝瑪童。

范允馨無法解釋為什麼手機裡會有傳訊息給謝瑪童的紀錄，她猛然想起自己體育課時忘了帶手機，急忙告訴訊問的警察：「一定是那個時候！是那個時候有人拿了我的手機傳了訊息給謝瑪童！」

「那放學後妳為什麼去了東側教學大樓一樓的女生廁所？」

警方將筆記型電腦轉向她，裡面播放的正是當時的監視器畫面。放學後謝瑪童和范允馨一前一後進了女廁，但最後只拍到了范允馨出來的畫面，謝瑪童就沒有再出來過，直到隔天早上打掃阿姨發現時，謝瑪童已經成了一具冰冷的屍體。

范允馨慌張地解釋：「我會去是謝瑪童叫我去的！不是因為那封訊息！」

「謝瑪童叫妳去的？」

「對！她在下午打掃工作的時候要我放學到那裡，說有話跟我說。」

「誰能證明？」

「……沒、沒有，她是趁我一個人的時候跟我說的。」

「那她約妳去廁所跟妳說了什麼？」

「她說……」

見范允馨欲言又止，女警再次追問：「她跟妳說了什麼？」

「……」

宇時風故意前傾身體製造壓迫感，「范允馨，不論是鋼筆、手機訊息，還是監視器畫面都只是妳自己的說詞，完全沒有目擊證人，法庭上是看證據說話的，我可以很直白地告訴妳，現在的情況對妳非常不利，如果妳再處處隱瞞，沒有人幫得了妳。」

「我的律師……」

范允馨話還沒說完就被宇時風打斷。

「法庭上如果輸了，律師頂多就是戰績上多了一場敗訴，但妳呢？」

「……」

見范允馨有點動搖，女警趁勝追擊，「這是殺人案件，涉及到刑事責任，妳上週正好滿十八歲，在刑法上已經成年了，如果最後法官真的將妳判刑，妳是會留下案底的！殺人罪最重判處死刑，最輕也是十年以上有期徒刑，而且這個汙點會跟著妳一輩子，妳想以後會有人要錄用一個有殺人案底的人嗎？妳還年輕，未來還有很長的路要走，妳自己好好想清楚。」

他們留下范允馨一人在審訊室裡天人交戰，良久，等宇時風再度打開門進來，范允馨終於鬆口。

「謝瑪童約我放學見面，是要問我跟蔡秉昇的關係。」

「蔡秉昇是誰？」

「他……是我在夜店認識的人。」

「為什麼謝瑪童要問你們的關係？」

「……因為是他把那段影片發出去的。」

這些日子范允馨就像是被擱淺在岸上的魚，不知道哪一天就會暴斃，現在心中的那塊大石終於搬開讓她鬆了口氣，也顧不得蔡秉昇知道後會怎麼報復她了。

她雙眼通紅，情緒激動地道：「謝瑪童真的不是我殺的！那天我離開女廁的時候她還好好的！」

當時警方在追查把謝瑪童的性愛影片發出去的IP位置，但對方是個比他們更厲害的電腦高手，十分狡猾，甚至要著警方玩，范允馨供出了這條線，並把蔡秉昇威脅她的事也一起吐了出來，警方立刻就找到了蔡秉昇，將他帶回警局做了筆錄。

他承認了是自己做的，但卻和范允馨的證詞有出入。

蔡秉昇宣稱是范允馨指使他將影片公布到網上的，范允馨怎麼也沒想到他竟然會反咬她一口。

*

晚上洗澡時周思年忍不住又認真思考起謝瑪童的死，線索在腦袋裡像是一團糾纏在一起的毛線，她索性拿紙筆一條條寫出來。寫到一半立可帶正好用完，她記得之前有多買替換帶，好像收在最下層的抽屜裡，剛一拉開，一個陌生東西打斷了她的思緒。

那是一本黑色書皮的書，看起來很破舊，似乎有些年頭，拿在手上很有份量，但她不記得自己有這麼一本書。

書封上沒有寫書名，僅有一些燙金的雕花紋路，像藤蔓一般盤根錯節地纏繞著，摸過去還略微有些凸起……嘶！周思年倏地抽回了手。雖然很微小，但她還是感受到了，指尖那種細細麻麻的……像是觸電的感覺。

周思年又將手放到書皮上試了一遍，但這次什麼都沒有發生，彷彿剛剛的一切都只是幻覺。

她翻開第一頁，上面寫了一串英文：**Between Heaven And Hell.**

天堂與地獄之間？

周思年隨意地往後面翻閱，發現裡面全部都是空白的，她又翻回第一頁，這一次，在那一句英文底下，多出了一行字：**歡迎來到灰色世界**。

「妳覺得這個世界是什麼顏色的？」

「彩……色的？」

「是灰色的喔！」

她莫名想起之前謝瑪童說的話，驀地，一幕幕破碎的畫面如驟然騰起的海嘯，以無法抵擋的姿態衝入她的腦海——

「為什麼？為什麼？」

「難過就哭吧！哭過就好了。」

……

「我還是不明白……」

「妳永遠都不需要去明白。」

……

周思年只覺得頭一陣暈眩，待她回過神，那些零零星星的記憶片段已然消失，她低頭看著手上那本書，不知道什麼時候已經翻到了下一頁。

她很確定，剛才整本書裡除了第一頁，全部都是空白的，可是現在……上面卻是滿滿的字。

她又隨意往後翻看，文字到了某一頁就停止了，之後依然是一整面一整面的空白。

另一頭的江誠光在目送完周思年進家門後，並沒有像往常一樣騎著腳踏車直接回家，而是騎到了附近的派出所。

「您好，請問宇時風警官在嗎？」

值班的員警見來人是個高中生，語氣有些不耐，「你找他有什麼事嗎？」

「我有事情要找宇警官。」

「天這麼晚了，小朋友沒事就早點回家吧！」

員警剛想打發他，宇時風剛好從裡面走了出來，「誰找我？」

江誠光直接被帶到了會客室去。

「坐。」宇時風泡起茶來，等著他主動開口。

「宇警官，你好，我叫江誠光，是宇時悅的同班同學。」

「找我有什麼事？」

「是關於謝瑀童命案的。」

宇時風聞言抬頭，總算認真地打量起面前的少年。江誠光從進來到現在都是這麼從容不迫，提起自己學校發生的「命案」，一點都沒有同齡人該有的緊張和害怕。明明也不過就是十七八歲的年紀，卻像是已經活了七八十年那樣老成，那雙眼睛似黑潭般深不見底，讓人無法輕易深入探究。

「你知道什麼？」

江誠光悠悠地端起面前的茶啜了一口，裊裊熱氣氤氳上他的雙眸，模糊了他的臉。他清冷的聲音彷彿從遙遠的彼方穿過層層山疊，如真似幻，「你想知道什麼？」

＊

當萬惡的期中考結束，高一高二的學生自動進入荒廢期，空氣間都瀰漫著一股散漫的味道；高三生雖然暫鬆了口氣，但馬上又要進入下一次模擬考的備戰狀態。

原本延期的話劇比賽也重新被排上日程，就訂在下週，而在話劇比賽的前幾天，學校公布了一件重大消息——

謝瑪童命案經過警方調查，確定范允馨不是兇手，真正殺害謝瑪童的人——是她自己。

第三章 小美人魚

上午最後一節下課，范允馨突然出現在教室外面，指名要找江誠光。

周思年拿著餐盒和梁酒酒、宇時悅一起在教室後面排隊打飯，但她的目光一直盯著走廊上的兩人。江誠光和范允馨之間隔著一個人的安全距離，可惜實在太遠，聽不見他們在說什麼。

「范允馨找江誠光說什麼？」

梁酒酒涼涼地瞥了一眼，搖搖頭道：「不知道。」

蘇洋走過來排在她們三人的後面，眼底滿是不屑，「反正絕對不是什麼好事。思年，妳可要小心一點。」

這次宇時悅難得沒有說話，周思年回頭看她，「時悅，妳知道嗎？」

「跟他道謝的吧！」

「道謝？」

「是江誠光幫范允馨洗清嫌疑的。」

「江誠光！？」這次連梁酒酒和蘇洋都難掩驚訝。

宇時悅示意他們小聲點，壓低音量道：「我也是聽我哥說才知道的。」

謝瑀童雖然不是范允馨殺的，性愛影片也不是她公布到網上的，但這段影片確實是范允馨教唆蔡秉昇拍下來的，她也的確用它威脅謝瑀童必須對她唯命是從，至於到底有沒有其他罪責，還需要警方進一步調查判斷。

不過目前看來，她父親應該走了不少關係，不然范允馨現在就不會安然無恙地出現在學校裡。

另一邊的范允馨和江誠光道謝後，緋紅著臉支支吾吾了老半天，最後還是沒忍住問：「你為什麼要幫我？」

「我不是在幫妳，不過是為了我自己罷了。」江誠光凝視著她，眼底平靜無波，似悠廣的大海沁入夜晚的寒涼，與平日裡給人的那種溫和有禮的感覺大不相同，彷彿是兩個不同的人，連聲音都帶著一絲漠然。

范允馨沒想到自己猜測錯誤，臉色霎那變得蒼白，定了定神，自己給自己找了個台階下，「不管怎樣，還是謝謝你了。」

等范允馨離開，周思年他們才把視線收回來。

大家盛完飯後，又利用江誠光的職權到吉他社社窩來開祕密大會。

校方雖然公布了謝瑀童真正的死亡真相是自殺，但基於隱私考量，也不想再在學校裡造成什麼風浪，所以具體怎麼回事就沒有再進一步詳說了。

私底下很多人都在猜測，其實就是范允馨誤殺了謝瑀童，因為她爸爸是家長會會長，開了後門又走了一些特殊管道，上下打點後才以謝瑪童自殺結案，畢竟謝瑪童就是因為家境不好所以才出去賣，現在她已經死了，她的家人礙於沒有資源，也只能啞巴吃黃蓮，將委屈往肚裡吞。

不過也有一部分的人認為，可能是謝瑪童和家裡人的關係本來就不好，不然誰會捨得讓自己的女兒出去外面遭別人踐踏？所以謝瑪童死後，謝家乾脆接受范家提出的條件，收了大筆的撫慰金賠償封口，不再追究女兒的真正死因。

江誠光上警局找宇時風的事，還是宇時風向宇時悅問起時她才知道的，但宇時風只對她說了江誠光作為目擊證人的部分，其他的對話內容只有他和江誠光兩人知道。

實際上江誠光不僅是目擊證人，更是破案的幕後功臣。謝瑪童案順利偵破，表面上是宇時風的功勞，但他知道，如果沒有江誠光，案情還會一直膠著在那裡，頂著政府和范家那邊的施壓，這起案子最終很大機率不是成為一樁懸案，就是草草結案。

有時候真相是什麼並不重要，對某些人來說，重要的是有個「結果」，真的也好，假的也罷。

「范允馨不是兇手。」江誠光道。不是疑問句，而是肯定句。

「理由？」宇時風挑眉問。

「范允馨手機裡那封發給謝瑪童的訊息不是她發的，是謝瑪童發的。」

「你怎麼知道？」

「因為我撞見了。」江誠光喝了口茶潤潤嗓後才繼續道：「那節剛好是我們兩班一起上體育課，我忘了拿水壺，所以回了教室一趟，你可以問宇時悅，她當時也在場。我回去時經過了謝瑪童他們班的教室，看見她站在范允馨的座位旁，手上拿著一支手機，手指快速地在上面打字。」

「你怎麼確定她拿的不是自己的手機？說不定她只是剛好站在范允馨的座位附近而已。」

「因為事後謝瑪童把那支手機放回了那個座位的抽屜裡，而她的運動服口袋，剛好露出了手機的一角。」江誠光略微抬眸，看似毫無波瀾，但開口的話卻隱隱讓人感到鋒利，「這就證明，口袋裡的那支手機才是她自己的。如果她回教室是為了拿手機，那又為什麼最後把手機放回了抽屜？她口袋裡的那支手機又該怎麼解釋？」

其實還有一個可能，那就是謝瑪童有兩支手機，但基於她的家庭狀況，這點可以直接排除。現在的手機都是觸控式的，宇時風不是沒想過搜查手機，但上面大多是范允馨自己的指紋，或許的確有謝瑪童的，可同樣也會有別人的。再者，因為學校制服的裙子並沒有口袋，范允馨常常讓身邊的朋友幫她拿著，所以就算查出來了也無法證明什麼。

江誠光見他沉默，雙手環在胸前，也不生氣，「你如果不信，也可以去調閱走廊上的監視器，那時候我確實經過了那裡。」

宇時風雙手交握，手肘支撐在膝蓋上，身體微微前傾，緊蹙的眉頭依舊沒有放鬆的趨勢，「如果你說的屬實，那麼這也只能證明那則訊息真的不是范允馨發的，但她還是赴約了不是嗎？所有線索依舊指向范允馨。」他注視著江誠光，眼瞳隱隱閃爍，手指微曲，在桌面上敲擊了幾下，道：「小朋友，法庭上是只看證據說話的。」

宇時風有種直覺，江誠光一定知道些什麼，或許……他可以幫他解開謝瑪童案的謎團。

江誠光從容起身，慢悠悠地隨意走走看看，目光在會客室裡掃了一圈，最後停駐在後方的檔案櫃上。

他輕撫過窗面，語氣不急不躁，「你們警方至今都無法確定范允馨就是兇手，這不就間接證明了嗎？這個兇手很不簡單，那麼以范允馨的聰明才智，如果她就是兇手，又怎麼可能會傻到拿辨識度那麼高的鋼筆去殺人呢？就連外行人看見了也都會一眼就想到她的。」

江誠光轉身朝一旁的窗戶走去，外頭微弱的街燈在他臉上打上了些許光影，他伸手逗弄著窗台上的薄荷葉，繼續道：「而且性愛影片在謝瑀童死前就已經被曝光了，她又為什麼要殺了謝瑀童呢？這對她來說有什麼好處？看著自己討厭的人活著，被迫承受那些厭惡的目光不是更好嗎？」

「或許是范允馨誤殺的呢？」宇時風不相信江誠光沒想過這個問題，從他來到這裡說自己是目擊證人到現在，足以可見他的心思縝密。

「范允馨雖然說過她的鋼筆在案發那晚回家後就發現不見了，以為是忘在學校裡，但這只是她自己的說詞，如果一開始就是她犯案後所編造的謊言呢？又或者，假如她不是欲意行凶，而是謝瑀童撿到了她的鋼筆要還給她，那枝鋼筆對范允馨非常重要，她當然想拿回來，於是謝瑀童趁機開出條件，要范允馨從此之後不能再威脅和使喚她，范允馨不答應，兩人因此起了爭執，情緒激動之下，范允馨便失手用鋼筆殺了謝瑀童……」

「宇警官，恕我直言，如果你是這麼推斷，並且深信這就是事實的真相，種種證據線索又都是指向范允馨一人，警方應該早就已經結案了吧！」

江誠光回首，漫步不經心地對上宇時風的雙眼，嘴角輕揚，露出一抹極淡的微笑。

他的聲線清冷寡淡，卻又隱隱藏著刀鋒，像是此時外頭呼嘯而過的凜風，「但是並沒有，為什麼？因為你也知道，這到底……還是有些牽強，不是嗎？」

宇時風面上看不出異樣，心中卻已激起不小的震盪。眼前的少年周身似乎圍繞著若有若無的白霧，層層疊疊，無論如何試圖去揮開那些阻礙，依然無法看清晨霧後的他真實的模樣。

「唯一無法以此定案的理由，不只是范允馨死不認罪，還有另一個重要的因素——如果范允馨誤殺謝瑪童這個假設成立，那麼便代表她們兩人一定是起了很大的衝突，才會讓她理智失控，一怒之下失了手，可是現場太過平靜了，對嗎？」

宇時風整個人驟然緊繃，沉聲問：「你是怎麼知道的？」

這種情況通常是看過屍體以及案發現場才能夠推斷的，但別說是屍體一早就被運走，江誠光絕對不可能看過，當初案發現場也都圍起了封鎖線，根本不准不相關的人靠近，他一個普通的學生怎麼會這麼清楚？

「很簡單，如果她的衣服或身上有任何傷口，警方不可能遲遲不下定論。」消息這種事情，本來就是只要有一點縫，風就可以通過。

當時學校已經有一些早到的同學，打掃阿姨發現屍體時肯定有尖叫，學校才報了警，在警方尚未到達現場之前，或多或少都已經有同學看到，如果有裸露的畫面，學生早就一傳十十傳百了。還有，宇時悅在教室和大家說明現場的第一情況時，並沒有提到謝瑪童身上有任何衣衫不整或受傷的情形，這種橋段勢必會讓故事更有看頭，以她的性格，既然能說到打掃阿姨嚇得花容失色，差點暈倒在現場，又怎麼會獨獨漏了這一點呢？

宇時風沒想到，江誠光如此心細如髮，一般人根本不會注意到這種事情。

的確，謝瑪童在早晨被人發現屍體時，全身上下都是完好的，除了胸口插著一枝鋼筆之外，沒有其他任何傷口，現場也沒有打鬥的痕跡，代表她們根本就沒有發生什麼劇烈的肢體衝突，那麼「誤殺」這個可能性幾乎就可以排除了。

「所以你知道是誰殺了謝瑀童？」

江誠光兩手一攤，悠悠道：「宇警官，查案是你們警察的事，我只是一個普通的高中生，怎麼會知道連你們警察都還不知道的事呢？」

此時的他又恢復成了平常那個乾淨溫和的少年，嘴角噙著淡淡的笑，像是夜晚高掛的那抹白月光，溫潤柔和，皎潔明亮。

沉默在兩人之間蔓延，良久，宇時風斂下眼簾，下了一個結論：「不論你為了什麼？又或者是為了誰？你需要我破案，還原真相，不是嗎？不然你就不會來找我說這些了。」

宇時風這個位置也是靠實力坐上來的，腦子自然不是只當擺設，他原本以為江誠光是謝瑀童的男朋友，只是兩人沒有公開，在調查謝瑀童的背景時才會沒有記錄到這一項，所以江誠光想要警方盡快破案，還女友謝瑀童一個清白。但他的表現實在太過平靜，一點都不像是失去喜歡的人該有的反應；而且他這番證詞嚴格說起來反而是在幫范允馨說話，謝瑀童和范允馨不合，身為男朋友的江誠光不可能完全不知道，如果范允馨因此被定罪，且不論她是不是殺死謝瑀童的兇手，他都應該要樂觀其成才對。

可如果說江誠光跟范允馨是男女朋友，或者有其他密切的關係，他表現得又太不積極，僅僅是做了目擊證人提供證詞，實際上卻也沒有幫到范允馨什麼，真要說……反而是他後面的那些推論和引導，更像是為了真相而出手。

那這個真相的背後又是為了什麼？宇時風始終沒想明白，只是他能確定，江誠光是來幫他的，又或者該說是——幫他自己。

所以宇時風只能賭，賭這個少年會將他所知道的盡數傾出。

江誠光的眼眸閃爍了下，又極快地消失。宇時風最後這一段話，看似是雲淡風輕地試探，實則卻是隱隱在向他施壓。

「其實你不是沒想過，不是嗎？宇警官。」他毫不畏懼地迎上那雙帶著探究的目光。

「撇除掉蓄意謀殺、誤殺，也就剩下最後一種可能了吧！」

那聲音似黑夜寂寥的玉蕭吹響，清晰地迴盪在靜謐的會客室中，字字如細碎的石子投入平靜的湖波，漾起圈圈漣漪，有些什麼似乎呼之欲出，只差衝破那層薄弱的阻擋。

「……證據呢？」

是，在聽完江誠光說的話後，那個宇時風一直覺得不可能的想法逐漸在腦海中擴大，但卻始終不敢下定論。

江誠光孩子氣地笑了：「那枝鋼筆，不就是最好的證據嗎？」

最後宇時風證明，案情的真相，真的和江誠光所推斷的相差無幾。

＊

性愛影片在同學間悄悄地傳了開來，謝瑀童馬上聯想到范允馨，因為就是范允馨找人拍下那段影片，以此來威脅她，所以謝瑀童第一時間便去找范允馨對峙，卻沒想到她竟然絲毫不掩飾，還大方承認。

謝瑪童的家境本來就不好，父親在她升上高中的那一年因為幫人販毒而入獄，留下她和殘障的母親還有一個年幼的弟弟，就算有社會的補助，對她的幫助仍是微乎其微。

當時她連童工的年齡都不到，即使有店家可憐她讓她打工，但生活開銷還是無法負荷，直到她無意間經過了那家夜店。

那種地方魚龍混雜，不過偶爾也會遇到出手大方的客人，送酒的時候如果聽話喝上幾杯，雖然不免被揩油，但小費的數字甚至就可以抵上她一個禮拜的餐費。

一開始謝瑪童很不能接受，甚至會回家偷哭，可日子久了，家裡的經濟竟然也靠她這樣一點一點地平衡過來，直到後來經過夜店認識的人介紹……金錢的誘惑對當時的她來說實在太大，也太過需要，半推半就之下，她答應了援交。

原以為做一次就行了，但這種工作一旦做了，就回不了頭了，就像一腳踩進泥沼，越是掙扎反而越陷越深，後來謝瑪童只能默默地安慰自己，她做這些都只是為了媽媽和弟弟，為了生活，她不偷不搶，錢都是靠自己賺來的，沒有對不起誰，有什麼好可恥的？等到她高中畢業，她就從這個地獄徹底離開，開始新的生活。

每次工作的時候謝瑪童總是刻意濃妝豔抹，和在學校裡素淨的她全然不同，卻沒想到還是碰見了范允馨，被她認了出來。

她原以為她的世界已經夠黑暗了，但范允馨的出現，卻將她拽下了更深的深淵。

其實在那段影片被曝光之後，謝瑪童心裡忽然有一種解脫的感覺，她都想到了，如果沒意外，不久後學校就會找她約談，再來警方也會找上門……明明已經累得不想再站起來了，可是那種不甘心卻像一隻飢餓的蟲子，以鮮血為食，越長越大，怎麼樣都無法釋懷。

憑什麼她那麼努力地生活，那麼努力地想要活著，命運卻依舊掌握在別人手中？謝瑪童自認自己從未招惹過范允馨，可她卻一再對她步步相逼，那些看過影片後的人注視著她的眼神，像是一句句無聲的咆哮與嘲笑：猥瑣、噁心、不要臉、婊子……她彷彿全身赤裸地站在他們的面前，她想尖叫、想逃跑，卻什麼都做不了。

所以她決定，就算她要死，范允馨也不能好過！

謝瑪童知道殺了范允馨是不可能的，她是想報復，但還是無法做出殺人放火這種事情，而且殺了范允馨對她來說沒有任何一點好處，不論成功與否，范家都勢必不會放過她。她若死了，那些怨氣就會撒在自己的母親和弟弟身上。他們家什麼都沒有，如果范家刻意打壓，他們根本不會有活路。

到底要用什麼方法，才會讓范允馨一生都牢牢地記得她所做的那些骯髒事，然後受到懲罰？

體育課的時候，謝瑪童跟老師請了生理假，因為坐在場邊無聊，便走回教室打算拿本書來消磨時間。經過范允馨的座位時，她瞥見了她忘在抽屜裡的手機。

剎那間，一個完美的計畫在她腦中凝結成形。

謝瑪童觀察了下，確認四周沒人，快速地拿出范允馨的手機發了封訊息給自己，假裝是范允馨約她出來，隨後立刻把這則訊息刪除。當時她是怕萬一被范允馨發現，她矢口否認自己有傳這封訊息，最後肯定會不了了之，所以才刪掉訊息，可沒想到她的無意之舉，意外被警方誤認為是范允馨痛下殺手後為了湮滅證據所做的舉動。

下午打掃工作時間，趁著范允馨身旁沒人，謝瑪童約了她放學後到東側教學大樓一樓的女廁。其實她認真思考後就猜到范允馨可能不是把性愛影片流出去的兇手，因為她想起了蔡秉昇——那個陰沉得讓人發怵的男人。

蔡秉昇強迫她的時候，她下意識就抽出身上的防身小刀朝他揮去，結果在他的臉上留下了好長一道傷口，自此之後她便再也沒看過他。但謝瑪童始終記得，當時蔡秉昇找上她時，直接就切入主題表示自己可以幫她把影片刪掉。

他一個不相干的人怎麼會知道那段影片？唯一的解釋，就是他跟范允馨之間有什麼，而范允馨手上的影片是她找人偷拍的，那麼很有可能，那個去幫她拍攝影片的人，就是蔡秉昇。

如果她是范允馨，不到萬不得已，絕對不會把那段影片流出去，不僅是因為這樣可以繼續控制她，還有如果影片在同學之間傳開，往上追查來源，很有可能會查到范允馨自己身上，對她來說百害而無一利，所以那天在廁所裡，謝瑪童直接問范允馨她和蔡秉昇的關係。

她曾想過，如果真的是蔡秉昇做的，那她會放過范允馨，然後去找蔡秉昇報仇。她給過范允馨機會了，但范允馨卻承認是她將影片流出去的。

真相是什麼對謝瑪童來說已經不重要了，既然范允馨說是她做的，那麼不論她是不是為了維護蔡秉昇，謝瑪童都會讓她付出應有的代價。

等范允馨從廁所離開，謝瑪童便拿出她事先藏好的鋼筆。范允馨曾經在班上炫耀過這枝鋼筆全世界僅此一枝，是她爸爸託人專門為她訂做的生日禮物，這樣的東西再適合不過了。

謝瑪童輕撫上自己的胸口，心臟在她的掌心下一下一下，有節奏地跳動著，半晌，她閉上雙眼，深吸一口氣，用力地將鋼筆插入自己的心——

謝瑪童將自殺偽裝成了他殺，除了證據會指向范允馨之外，她知道只要學校開始調查，勢必會找同學詢問她們兩人之間的關係，班上其實不少人對范允馨大小姐的脾氣和作風都看不順眼，加上身邊有人突然死亡，哪怕那人和自己沒什麼太深的交情，也一定會使人產生恐懼和憐憫心。被約談時，人們下意識會幫弱者說話，甚至會在言語間隱射某個自己覺得最有嫌疑的人，好讓自己和命案撇除關係，她要利用的，便是這人心。

這就是她的報復——即使不能親手殺了范允馨，她也要讓她一生都帶著這個罪孽，苟延殘喘地活下去。

只是謝瑪童千算萬算，終究是聰明反被聰明誤，她故意選了一枝代表范允馨的鋼筆當凶器，為的就是讓警方認為范允馨聰慧過人，所以反向思考，以最不可能的做法來掩蓋真相，但她卻忽略了人其實是直覺性動物，在發生事情的當下，所有推斷最開始都是直線的，除非碰到瓶頸，否則不會突然轉彎，這才讓警方遲遲無法確認范允馨的殺人動機。

「那警方後來又是怎麼發現謝瑪童是自殺的？」周思年問。

「因為范允馨的那枝鋼筆。」宇時悅道。

蘇洋蹙起眉頭，聽得頭都大了，「鋼筆？為什麼？那不是范允馨的嗎？怎麼反而成了證明謝瑪童自殺的關鍵證據？」

「是鋼筆上面的指紋。」宇時悅回答他。

「妳的意思是……上面有謝瑪童的指紋？」

梁酒酒出聲反駁：「但有指紋也不能就斷定是謝瑪童自殺的吧！」

「可是指紋的位置可以。」

眾人的目光皆因江誠光的話而匯聚到他身上，只見他起身到前面拿了一枝筆回來，手握在筆身下方接近前端的位置，徐徐道：「一般我們寫字的時候，手指都是握在這裡，所以這裡重疊的指紋最多，就算是筆掉了要撿起來，或是要收進鉛筆盒裡，手有可能握在筆身的其他地方，所以筆身中間跟上方的指紋會相對凌亂，但那也只是少數。」

江誠光邊說邊把筆交到周思年手裡，然後對她道：「妳現在試試看，假如妳要拿筆刺進自己的胸口，妳會怎麼握？」

周思年照著他的話做，思考了一下動作，然後像握拳一樣把鋼筆握在手裡。

「對，就是這樣。」江誠光轉向眾人道：「你們看，如果是這樣子握筆，除了大拇指之外，其餘四根手指頭的指紋就會剛好呈現直線排列在筆身，而那枝鋼筆上，謝瑪童的指紋正是這樣的排列方式。」

「原來如此。」梁酒酒點頭附和，但還是有一點想不明白，「可是就算不是范允馨殺的，謝瑪童一個瘦弱的女生，怎麼可能用鋼筆就自殺成功？」

「的確，她力氣不夠吧！」蘇洋也表示贊同。

「一個普通的女生或許辦不到，但如果是一個一心求死的女生呢？」

江誠光的話讓大家陷入一陣沉默。

除了指紋之外，自殺和他殺凶器所刺入的角度和力度也會有所不同，當時警方一直無法確定，有部分原因也是因為角度和力度出現相牴觸的情況。范允馨與謝瑪童身高差不多，以鋼筆刺入的角度來看，謝瑪童很大的可能是自殺，但力度所造成的傷口深度卻更傾向他殺。

「她自殺的目的就是要報復范允馨，既然范允馨死不了，那麼只有自己死了，范允馨才有可能因此受到懲罰，或者說，讓范允馨永遠記得，曾經有那麼一個人，她的名字叫『謝瑪童』，是因為她——范允馨——才走上絕路，所以不管怎麼樣，謝瑪童一定會讓自己死的。」

死亡會讓人下意識恐懼怯步，但這只對「害怕死亡」的人成立，如果一個人不怕死，那就沒有什麼辦不到的了。

所有的成敗都在那枝鋼筆，謝瑪童大概也沒想到，最後反而是那枝鋼筆救了范允馨。

這樣的結果無疑推翻了之前大家所有的猜測，一時間誰都無法接受，不知道要說什麼。良久，周思年才開口：「那范允馨……會受到懲罰嗎？」

蘇洋將手放在下巴上摩娑思考，不確定地說：「謝瑪童雖然不是她殺的，但如果不是因為她讓人偷拍謝瑪童，性愛影片就不會被流出去，謝瑪童也不會自殺……說到底起因還是因為她，多多少少都會受到懲罰吧！」

宇時悅一手撐著下顎，歪著頭說：「我哥沒有特別說，不過我想，就算警方那裡沒辦法定她的罪，學校也還是會做出懲戒吧！」

梁酒酒唏噓道：「但謝瑪童就是為了讓范允馨受到司法的審判才自殺的，學校的處罰對她不痛不癢，甚至搞不好會看在她爸爸的面子上，什麼事都沒有，她今天不就回到學校正常上課了嗎？」

現在的社會殺人都可以找人頂罪了，范允馨若想全身而退，有的是辦法。

「那謝瑪童的死不就沒有意義了嗎？」周思年忍不住替謝瑪童抱不平。她就是抱著全部的希望去死的，如果范允馨什麼事都沒有，那她的死又算什麼？

江誠光沉重的聲音伴隨著鐘聲停止而落下：「大概就只剩下解脫了吧！」不用再面對這個世界對她的指指點點，面對那些壓在她身上的重擔和壓力。

這也是謝瑪童自殺，或者該說是，所有選擇自殺的人最終所追求的吧！

究竟死亡能不能為自殺的人帶來解脫？江誠光斂下眼瞼，根根分明的睫毛覆在他平靜無波的眼眸上，讓人看不清陰翳在底下的那些微光。

曾經他以為可以，有段時間也確實如此認為，但回首時才發現，那樣的解脫，其實也不過就是自欺欺人而已。

江誠光望向周思年的側顏，從沒想過有一天，他竟會自願放棄那份等待已久的解脫，將自己束縛在這虛假之中。

回家的路上，周思年坐在江誠光的腳踏車後座一路沉默。

「還在想謝瑪童？」江誠光的聲音從前面傳來。

「……嗯。」周思年悵然道：「老實說……謝瑪童自殺並沒有讓我感到太意外。」

「為什麼？」

「你還記得嗎？有一節體育課，我因為生理期不舒服到場邊休息，當時我很無聊，就主動找謝瑪童說話，剛開始她也沒理我，但當我準備放棄的時候，她突然開口問了我一個很奇怪的問題。」

「什麼問題？」

「她問我：『妳覺得這個世界是什麼顏色的？』我說是彩色的，但她卻說是灰色的。」

吱——

周思年話音剛落，江誠光的腳踏車龍頭倏地一歪，原本平穩的車霎時劇烈搖晃，周思年嚇得趕緊伸手抱住他，車子蛇行了幾秒才逐漸平穩下來。

「抱歉，嚇到妳了吧！」江誠光的尾音輕顫，只是周思年沒有發現。

「你怎麼了？」

「剛剛有隻貓忽然從前面衝出來，我來不及煞車只能往旁邊閃。」江誠光隨意編了個理由，反正周思年被擋在他的身後，什麼也看不到。

平安送她回家後，江誠光在家門口停好了車，打開家門發現裡面一個人都沒有。果然，媽媽還沒有回來。他眼神一黯，也沒有開燈，默默上樓走進自己的房間。

*

謝瑪童案終於落幕，但周思年心裡還是有些耿耿於懷，她想，或許只有時間能平復那些傷痕與遺憾吧。

最近周思年每天都很準時回家，上次在書桌抽屜裡發現的那本神祕黑皮書不定期會出現新的內容。不知道為什麼，她有種直覺，這本書或許可以解釋她出現在這個世界，成為這裡的「周思年」

的原因。

直到目前為止，她從這本書上了解到，這是一個存在於天堂與地獄之間的世界，簡單來說，就是「陽間」與「陰間」的裂縫。

但最讓她震驚的不是這些內容，而是第一章的標題：**灰色世界**。

如果說天堂是白色的，地獄是黑色的，那麼「灰色世界」即是存在於這兩者中間的模糊地帶。

須臾間，她又想起了謝瑪童的話，她說這個世界是灰色的。

難道謝瑪童也跟她一樣，因為不知名的原因而來到這裡嗎？那她原本所存在的世界又是什麼樣的？也來自一樣的世界嗎？她知不知道這個世界是怎麼回事？是否找到自己出現在這裡的原因了？

在這個世界死去的謝瑪童，接下來……她會去哪裡呢？天堂？地獄？還是繼續在哪個世界徘徊著？

周思年有好多好多的問題想問，而唯一看起來似乎知道這一切，並且和她有關聯的人卻已經死了。

那些徘徊在腦中的問題也再沒有人能幫她解答。

「卡。」蘇洋不得已出聲，因為周思年又忘詞了，這已經是今天的第七次了。

梁酒酒提議道：「我們休息一下吧！」

大家三三兩兩去喝水休息，有的人開始滑手機，江誠光走到周思年身邊關心問：「還好嗎？」

他也注意到了，今天的周思年似乎有些心不在焉，出錯的頻率特別高。

周思年凝視著江誠光，滿肚子的疑問最後也只化做兩個字：「……抱歉。」

她不是這個世界的「周思年」是一個祕密，那本神祕的黑皮書也是一個祕密，連她自己都覺得不可思議，更別說要讓別人相信了。

「如果心裡有什麼事，或許說出來心情會比較好喔！」江誠光揉揉她的頭髮，暖暖地道：「只要妳想說，我都願意聽。」

他的雙眸裡盈滿笑意，如夜晚皎潔的月光，明鏡一般漾在波光粼粼的湖面上，幾許溫柔繾綣蔓延進她的血液之中，周思年頓時覺得整個人都溫暖了起來，剛才那一點點的孤獨感緩緩消散，但緊接著，一股憂傷卻隨之而來。

在這短短的時間裡，她已經不知不覺貪戀起江誠光的喜歡。

遇見他後，她一次次地慶幸自己還活著，卻又總在下一秒驟然清醒，清晰而強烈地意識到，其實——她已經死了。

「我只是昨天沒睡好，休息一下就沒事了。」

短暫休息過後，周思年重新專注在排練上，果然順了不少。

又過了大約一個小時，眾人才解散。周思年、江誠光還有梁酒酒留下來一起幫忙把場地復原，蘇洋拿出手機播放音樂，但總覺得少了點什麼，環顧過四周，這才發現是平常嘰哩呱啦的宇時悅不在。

「宇時悅呢？」

梁酒酒幫忙關窗，「她說有事就先走了。」

「她能有什麼事？」蘇洋挑了挑眉。

「不知道。」

「跑那麼快，不會是約會去了吧？」

周思年也湊了過來，「她交男朋友了？」

「蘇洋開玩笑的。」江誠光無奈道。

「我就是隨便說說。」蘇洋聳聳肩把桌椅歸位，「不過她這幾天總是神龍見首不見尾的，看到她的時候感覺眼睛無時無刻都在笑，只差沒把『戀愛中』寫在臉上了。」

「酒酒，妳覺得呢？」周思年問。

梁酒酒的動作頓了一下，很快就恢復正常，面色平靜道：「可能是有什麼開心的事吧！不然依她的個性，怎麼可能有男朋友還憋得住不跟我們說？」

「說的也是。」

要是真有男朋友，宇時悅估計會恨不得讓全世界知道，第一時間在他們面前炫耀吧！

話劇比賽如火如荼地展開，作為最後一組壓軸的班級，飾演小美人魚的周思年在昏暗的燈光下，走向那個倒在舞台正中央的王子身邊，待看見臉時，她驀地一愣。

那張臉不是江誠光，而是……蘇洋！？

戲已經開始，周思年只得暫時先壓下心頭的驚愕接著演下去，所幸這幕的王子是昏迷狀態，沒有任何台詞，等到在陸地上的女配公主宇時悅上場後，身為小美人魚的她才悄然退場。

一到後台，周思年立刻去找梁酒酒，拉住她的手焦急地問：「怎麼臨時換人了？江誠光呢？」

周思年第一個想到的是江誠光出事了，不然怎麼會臨時換人？這個念頭一在她的腦海裡閃過，她就克制不住地顫抖。

江誠光是她來到這個世界後第一個遇見的人，也是第一個對她好的人，如果他發生了什麼意外……

「放心吧！他沒事啦！」宇時悅剛好下場，走過來拍拍她的肩，向一旁的梁酒酒使眼色。

「咳……這是他跟蘇洋商量好的。」梁酒酒答道。

「什麼意思？」

宇時悅邊說邊抱怨似的瞋了梁酒酒一眼，「就是他們互換了角色，然後串通酒酒稍微改了一下劇本，我也是剛剛才知道的。」

「什麼！這種時候！？」開玩笑的吧，他們之前每次排練都是原來的版本啊！

「放心吧！按平常時候的水平發揮就好，不用緊張。」梁酒酒一臉淡定，看起來一點都不擔心，周思年這才慢慢冷靜下來。

她既然這麼鎮定，那應該沒問題吧！

只是沒想到她竟然會答應他們這樣胡來。

周思年突然想起之前有一次排練間的休息時間，江誠光和蘇洋單獨出去，後來她問他們說了什麼，江誠光卻只說了句「到時候就知道了。」看來指的應該就是這件事。

宇時悅勾起周思年的手對她擠眉弄眼，「思年，等等就換妳上場了，先別想那麼多，結束後我們倆再來好好審問他們三個！」敢把她們兩個蒙在鼓裡，哼！雖然導演不是她，但這筆帳她宇時悅記下了！

很快到了小美人魚向巫師許願，祈求人類雙腳的那幕。穿著一身烏黑長袍的江誠光從布幕裡走出來，斗篷上大大的帽子幾乎遮住了他半張臉，讓人看不清他的長相，更添了一股神祕感。

他一句話都還沒說，周身散發的陰鬱就先感染了全場，讓人忍不住屏息。

周思年沒想到原來江誠光的演技這麼好。或許是王子的角色比較貼合他本人，當時兩人對戲，周思年也只是覺得他演技自然而已，但現在看見他穿著一身黑色長袍朝她走來，渾身的氣場都變了，如果不是事先知道他和蘇洋換了角色，她根本無法把眼前的人和平常那個溫柔謙和的他連起來。

「所有的願望都必須等價交換，妳願意嗎？」他的聲音清冷無波，就像他給人的感覺一樣，冰冷冷的毫無溫度。

小美人魚猶豫了，良久，她抬眸注視著巫師，堅定道：「不論代價是什麼，我都願意。」

「那麼——就用妳的聲音來換吧！」話音一落，由乾冰製造的白霧頓時從四面八方纏繞上小美人的雙腳，巫師的聲音似乎也變得虛幻，「記住，一定要在五天內將匕首刺進王子的胸膛，拿到他的心頭血，滴在自己的腳上，否則妳將會化作泡沫永遠消失。」

人魚尾巴傳來噬骨的劇痛，小美人魚倒在舞台上，待白霧漸漸消失，人魚尾巴徹底變成了一雙人類的腳。

小美人魚嘗試著說話，但什麼聲音都發不出來，她伸手撫上自己的喉嚨，僅能感覺到那裡微微地顫動。為了能再見王子一面，她得到夢寐以求的人類雙腳，卻從此失去了那被稱作大海中最美妙的聲音。

蘇洋飾演的王子再度回到舞台上，他因為心情不好走到海邊散步，抬眼驀然驚見一個女孩坐在沙灘上，她艱難地想爬起，但似是雙腳無力，又跌坐回去，他趕緊跑過去。

「嘿，妳沒事吧？」

王子將小美人魚扶起來，待看清她的面容，不禁失了神。

小美人魚拉了拉他的衣袖，王子這才回神。他問她：「妳叫什麼名字？怎麼一個人在這裡？」見她穿得單薄，他脫下外套披到她身上，以防她著涼。

小美人魚想要開口回答他的問題，但嘴巴開開合合，最後也只發出了幾個嗯嗯啊啊的聲音。

王子以為她是啞巴，看她獨身一人，便把她帶回了城堡。

城堡裡的人都把她當尊敬的客人侍奉，王子一有空就來陪她，小美人魚完全陷進了王子的溫柔之中，他的一顰一笑無一不牽動著她的情緒，就算只是靜靜地望著他，她都覺得幸福。

如果可以，她希望一輩子都不要從這個夢裡醒來。

但每當公主一出現，就像是警鐘一樣提醒著她，她所剩的時間不多了。

小美人魚連續兩晚等王子睡著後潛入他的房間觀察，到了最後一個晚上，她舉起匕首，朝著王子的胸膛奮力往下一刺——

在距離王子心臟一公分的距離，她驟然停止動作。

這幾日和王子相處的點點滴滴驀地湧上心頭……她終究是下不去手。

小美人魚默默地離開城堡，走到一開始和王子相遇的海邊。時間一分一秒地流逝，午夜十二點一到，她的身體慢慢地化作泡沫，她緩緩閉上雙眼……

突然間，小美人魚的周圍出現一道強光，溫柔地將她包裹在其中，她失去的感官在靜謐之中逐漸回攏，那些泡沫竟如電影倒帶般重新凝聚回到她的身上……

布幕被拉下，觀眾席一片靜默，沒人知道發生了什麼，周思年恍恍惚惚就被拉到後台，有人在她的眼睛上綁上一條白布，她緊張地喊道：「酒酒？時悅？」

梁酒酒上前握住她的手，「思年，妳聽好，等一下妳的第一句台詞是『是你救了我嗎？』，接下來就靠妳臨場發揮了，該結束的時候，旁白會提醒你們的。」

「欸？等等！好歹告訴我劇情是什麼啊！」這和排練的不一樣啊！心裡一點底都沒有就上台，她會慌的！

「待會自然就明白了。」梁酒酒轉頭看向宇時悅，「把她牽去舞台中央吧！」

帷幕再度緩緩拉開。

周思年什麼都看不到，獨自站在舞台中央，她照著剛才梁酒酒交代的台詞說：「是你救了我嗎？」語末她倏地頓住，抬手摸上自己的喉嚨。

上一幕的小美人魚還是個啞巴，但這一幕一開始梁酒酒就叫她唸了那句台詞，她現在才反應過來，這是代表小美人魚已經可以說話了。

這個舉動是周思年下意識做的，放在這裡卻恰好成了小美人魚應有的反應，一點都不突兀，反而很自然，這就是梁酒酒要的效果。

周思年的手猝不及防碰到微涼的溫度，有個人牽起了她的手。

幾乎是在指間接觸的瞬間她就知道了那隻手的主人，一直侷促不安的心終於放鬆下來。那隻手已經牽過她太多太多次，每天放學的時候、排隊的時候、升旗的時候、散步的時候……都是這雙手。那是江誠光的手。

江誠光沒有說話，只是牽著周思年的手讓她在一張椅子上坐下，然後就放開了她。

因為看不見，人的其他感官會比平常更敏銳，周思年反手就在空氣中揮舞，想要抓住些什麼，但什麼都沒有。

「你要去哪裡？」她怯懦地問。

沒有得到回音，周思年忍不住想把綁在眼睛上的白布拿下，但才一抬手就被人握住了手腕，沙啞的聲音落在耳畔，宛若古堡中那座陳舊的老鐘，低沉迴盪。

「記住，沒有我的命令，絕對不可以拿下來。」

周思年感覺到舞台上的燈光暗了下來，半晌才又打開，這時旁白的聲音緩緩響起：「時間來到了三年後，小美人魚在一次好奇下，偷偷地把眼睛上的白布拿下。」

周思年聽著旁白的指示，將眼睛上的白布取下，她環顧一圈舞台，左前方有個連身鏡，鏡子前面站著一個人，他穿著一身漆黑的斗篷，沒有戴帽子，滿頭白髮就這麼顯現在觀眾面前。

似乎是感受到後方的視線，那人緩緩轉過身……

兩人四目相對，江誠光滿臉震驚，而周思年早已眼眶泛紅。

站在後台的蘇洋忍不住小聲道：「臥槽！臨場發揮還能演成這樣……」說完他偷偷瞥向一旁的梁酒酒，不禁想起當時江誠光找他談話的場景。

「原著的《小美人魚》是個悲劇，我覺得既然我們是改編，那除了把其他的人魚公主換成男生，讓這齣戲有笑點之外，結局也可以改一下……」

蘇洋沒想到江誠光把他叫出來是為了說這個，其實改成什麼樣他根本就沒意見，何況將他飾演的角色從巫師變成王子，他當然求之不得，當下就答應了。

之後他們一起去找梁酒酒討論劇本，最後才變成現在這樣——在小美人魚完全變成泡沫前，巫師出現施了一個古老禁術讓她復活，也因為耗費太多的法力，他的頭髮一夜間全白了。最後用僅存的法力，在魚尾和聲音之間，巫師私心選擇拿自己的聲音換回小美人魚的聲音。所以在小美人魚蒙眼的那段期間，她始終沒認出那個救她的人就是巫師。

宇時悅也在一旁看著舞台上的周思年和江誠光，從他們這個方向其實只看得到周思年的臉，但周思年眼眶裡盈盈閃爍的淚光卻令她心頭為之一震。

為了救自己，不惜耗費畢生所有的法力，毀了聲音，還白了頭髮……這世界上，只有「愛」才能做出這麼大的犧牲吧！

宇時悅偷偷從帷幕後探頭，望向底下的觀眾席，雖然一片漆黑，但第一排中間評審席的位置卻因為分到了舞台微弱的餘光，隱隱約約能見著人的輪廓。

於是她看見了那個人。

那個令她魂牽夢縈，心心念念的人。

等到了那一天，他一定會比她先白了頭髮吧！

梁酒酒也注意到宇時悅的舉動，她輕拍她的肩，及時阻止了她差點失控的情緒。

舞台上的表演還在繼續。

周思年腳步有些踉蹌地走到江誠光面前，此刻的她已然入戲。她顫顫巍巍地伸手撫上江誠光的臉龐，最後落在他銀白色的髮梢。

現在的周思年已經徹底明白梁酒酒心中的那個劇本了。

巫師回過神，抓住小美人魚的手腕制住她的動作，聲音帶著顫抖，不知道是憤怒還是害怕，「為什麼不聽我的話？」

小美人魚的眼淚再也克制不住地滑落，「如果不是我主動發現，你是不是永遠都不會讓我知道？」

永遠不會讓我知道，是你救了我；也永遠都不會讓我知道，為了救我，你付出了多大的代價。

巫師轉過身，戴上斗篷上的帽子，遮住自己的滿頭白髮，聲音粗啞得像石子相互摩擦，「妳走吧！」

「我要走去哪裡啊……」她的家人早以為她不在了，而且她擁有了一雙人類的腳，再也沒辦法回到大海裡了。

「哪裡都可以。」

「但只有這裡有你啊。」小美人魚從巫師的背後環住他的腰，明顯感覺到他身體倏地一僵，但她沒有放手，「我能再許一個願嗎？」

巫師剛想拒絕，因為他的法力已經沒有了，沒辦法再幫她實現任何願望了，但小美人魚沒等他回答就先開口：「讓我留下來吧！」

他看著連身鏡裡那雙環在自己腰上的雙手，白皙的膚色在黑色的斗篷下形成強烈對比，心臟劇烈跳動造成的疼痛讓他確定這一切都不是夢。

良久，巫師轉過身，小心翼翼地回抱住小美人魚，低沉地道：「所有的願望……都必須等價交換的。」

「我知道，所以這一次，我願意用我的餘生來換。」

如果任何的願望都需要等價交換，那就讓我留在你身邊吧！陪你度過剩下的每一個四季，在漫長的歲月中，讓我愛你。

演出結束，所有的人都到舞台上謝幕，台下很多同學紛紛起立鼓掌，有些甚至還留下了感動的眼淚。

最後他們不負眾望拿下了這屆話劇比賽的冠軍，還打破歷年來學生們的投票紀錄，成為最受歡迎的話劇。

宇時悅站在舞台上凝視著台下評審席中的那個人，他和其他人一樣起身為他們鼓掌。

感受到台上炙熱的目光，他回以一個肯定的眼神。

沒有人發現，宇時悅揚起嘴角，害羞地低下頭。

第四章　太陽之神

「老師！」

宇時悅宏亮的聲音迴盪在偌大的教室中，那人緩緩抬頭，鏡片後的雙眼有些責備，但終究被其他情緒淹沒。

他埋首繼續在面前立著的畫板上作畫，待感受到女孩的氣息靠近，才淡淡開口：「吃飽飯了？」

「嗯。」宇時悅的雙手從後方環過他的脖頸，偏頭靠在他的左肩，猝不及防地在他的頰邊印下一吻。

他的手猛地一頓，隨後掃了靠近走廊的窗戶一眼，確定沒人才鬆了一口氣。他語氣有些生氣，但更多的是無奈寵溺，「這裡是學校，萬一被人看見了不好。」

宇時悅嘟著嘴回道：「才不會呢！這裡這麼偏僻，這種時間大家都去吃飯了，根本不會有人來，就只有你會待在這裡埋頭苦幹。」

她邊說邊放開他，從後方的桌子拿過剛才拎來的便當盒，在他面前晃了晃，「又沒吃飯了對吧！吶。」

「先放著吧！我把這裡的光影處理完。」

宇時悅知道他一認真起來就是這樣，也不催促，拉了把椅子坐在他身旁，安靜地看著這個男人作畫。

正午熾熱的陽光透過半開的窗簾溫暖地灑落在他身上，將他整個人鍍上一層金色的毛邊，刀刻般的側顏在光線地暈染下蒙上錯落有致的陰影，被些許碎髮遮住的飽滿額頭、藏在眼鏡後方那英俊的眉峰、纖長得快要碰到鏡片的睫毛、高挺的鼻翼、菱形的薄唇，就像是一件完美的雕刻藝術品，讓宇時悅看得目不轉睛。

夏然是學校的美術老師，大二時開始負責宇時悅他們班的美術課，他沒什麼脾氣，為人謙和有禮，但只要你想試圖靠近他，就會發現他身邊那道透明的高牆。他和每個人都保持著一個安全距離。

偏偏就是那份淡漠疏離，在第一眼見到夏然時，宇時悅就知道，自己再也移不開眼了。

他們相差整整十歲，可宇時悅覺得沒關係，初生之犢不畏虎，在這個敢愛敢衝的年紀，愛情本來就不分年齡，考慮的也不是能不能走一輩子，而是當下那種互相喜歡的心情。至於距離——努力縮短就是了。

宇時悅身為班上的學藝股長，每節課都要給授課老師簽班級日誌，通常都是下課鐘響後拿去給講台上的老師簽名，但有時候她自己難免會忘記，或是老師走得比較急，就只得在下課時間拿去各個老師的辦公室讓他們補簽。

久了就知道，這個班級日誌其實只是做給上面看的，審核的老師也只是偶爾抽查幾本，連簽核章基本都是學生蓋的，而且並不是每次都那麼幸運能在辦公室堵到老師，所以後來宇時悅乾脆自己模仿字跡。反正也不是什麼重要文件，像他們班導怕麻煩，甚至乾脆把印章直接給她自己蓋呢！為了多和夏然見面，宇時悅常常會故意「忘記」給他簽名，然後再找個時間特地跑來他的辦公室讓他補簽。

那種偶像劇裡「相遇」的橋段，百分之八十七都是自己製造的，現實中哪有那麼多巧合。

次數多了，夏然當然也知道宇時悅的小心思。這天下課鐘響，大家三五成群離開教室，看見宇時悅準備跟著周思年和梁酒酒一起離開，他直接把人叫住：「宇時悅。」

宇時悅聞聲回頭，夏然平靜地凝視著她，連聲音聽起來都像平常一樣疏離淡漠：「妳的班級日誌呢？不用簽名嗎？」

這大概是夏然第一次主動和她說話，意識到這件事，宇時悅心裡雀躍不已。她眉眼彎彎，晃了晃手上的課本道：「老師，我忘記帶了，吃完飯我再拿來！」說完也不等夏然回答，就一蹦一跳地追上前方的周思年和梁酒酒，笑嘻嘻地走了。

看來老師終於記得她了啊！

結果等宇時悅吃完午餐，捧著班級日誌到夏然的辦公室時，裡面卻空無一人。她也不急著離開，在辦公室裡東瞧西瞧，周圍都是一些藝術品、還有各種雕塑、畫板、和一些藝術相關的書籍。

宇時悅一開始還認真地翻看幾頁細細閱讀，但等了老半天也沒等到夏然回來，後來一不小心就趴在桌上睡著了。

夏然回來的時候看到的就是這樣一幅畫面：一顆小小的頭趴在雜亂的大桌子後面。他走近一看，宇時悅睡得香甜，一點都沒有要醒來的跡象，連口水都流出來了。

他知道宇時悅說了中午要來找他補簽名，但他今天剛好有會議要開，誰知道都還沒說完她人就跑了。本以為宇時悅等不到他的人就會先回去，大不了明天再來，沒想到她竟然就這麼大喇喇地趴在這裡睡起覺來了。

夏然一向習慣把辦公室的窗簾拉上，太多的光會影響他的思考，這會兒倒好，宇時悅睡得更舒服了。

她也不怕有人突然進來，發現她一個女學生單獨在男老師的辦公室裡會讓人起疑。

夏然拿起一旁的班級日誌，在上面簽上自己的名字，然後拉開窗簾，刺眼的陽光倏地照進原本昏暗的辦公室，亮得宇時悅不自覺輕蹙眉頭，下意識就拿起手邊的書要遮擋。

「起床了。」

「唔……」宇時悅悠悠轉醒，一睜開眼就看見夏然站在窗前，背著光的他整個人只剩下一圈陰暗的輪廓，讓人看不清面容。

「老師……你回來啦。」剛睡醒的她連聲音都軟軟糯糯的，像隻毛茸茸的小動物，和平常活潑好動的模樣大不相同。

夏然忽略心頭上的異樣，清了清嗓子道：「班級日誌簽好了，快回去上課吧！」

宇時悅看向手機上的時間，「下節課的老師都會晚五分鐘才進教室，沒關係。」她還想在這裡多待一會兒。

夏然站到宇時悅的前方，雙手撐在桌子上，身子微微前傾，居高臨下地俯視她，「宇時悅，妳是學生，我是老師。」

她覺得他們這樣合適嗎？

誰知道宇時悅非但沒有被他嚴肅的神情嚇到，反而雙手托著臉頰，抬首與他對望，似笑非笑道：「我知道啊。」

她一直都知道呀！他是老師，她是學生。但這並不能代表什麼，不是嗎？

「別鬧了，快回去吧！」夏然避開她晶亮的目光。

宇時悅知道不能逼得太緊，訕訕起身，「知道了，那我走啦。」

她打開辦公室的門，腳踏出去一腳又突然頓住，回頭道：「老師。」

夏然一抬頭就撞上那雙圓潤的雙眸，陽光正巧照在她身上，那眼中似乎有星光在跳躍閃耀。

「你今天的眼睛沒有下雪呢！真好看。」

夏然就這麼盯著她早已離開的位置久久不語，直到鐘聲響起後才回神。

大概就是在那瞬間，那個明媚燦爛的女孩，在他那白雪皚皚的世界裡，強行帶進了如她一般耀眼又溫暖的光，也在雪地上留下了深深淺淺的腳印。

因為寒流來襲，雖然只是十一月初，但冷風卻像刀子般刮得人生疼。辦公室的門窗都緊閉著，形成了一個溫暖的空間，宇時悅雙手插進外套口袋裡，在一旁探頭問：「你畫的是誰啊？」

「Daphne。」

見宇時悅一臉茫然，夏然問：「聽過希臘神話嗎？」

「就是宙斯、波賽頓、雅典娜那些對吧！」小時候電視上常播那十二神的故事，她還很愛看呢。

「嗯。」夏然側頭在調色盤上調色，邊畫邊道：「達芙妮是河神的女兒，『Daphne』在英文中還有另一個意思，是『阿波羅的最愛』。」

太陽神阿波羅是宙斯和勒托之子，在希臘神話中代表光明與文藝之神，同時也是箭術和真理之神。阿波羅長得很俊美，非常受歡迎，一生中當然也有很多女人，但只要說到他，就不得不提起達芙妮——因為她是阿波羅的初戀。

有一次阿波羅在山林打獵，意外見到達芙妮，從此瘋狂地愛上了她，但這段感情本就是愛神丘比特的一個報復。

丘比特曾向阿波羅討教箭術，卻被他以小孩子不該玩箭給擋了回去，維納斯知道自己的兒子受了委屈，就請金工火神伏爾甘打造了金箭與銀箭，並賦予兩種箭不同的魔力。丘比特將炙熱愛火的金箭射向阿波羅，同時將拒絕情愛的銀箭射向達芙妮，所以面對阿波羅狂熱地追求，受到驚嚇的達芙妮只感覺到深深地恐懼，在無止境地追逐中，她逐漸感到身心俱疲，最後向河神父親求救，河神就將她變成了一棵月桂樹。

阿波羅沒想到達芙妮會為了拒絕他的追求，寧願捨棄青春與美貌，選擇化成一棵月桂樹。他心中懊悔不已，萬分悲慟地在月桂樹下哭泣，從此月桂樹變成為了阿波羅的聖樹，而他用樹葉編成了一頂月桂冠戴在頭上，以此祭奠他對達芙妮的思念與愛慕。

宇時悅想，初戀大概就是一道誰也無法雲淡風輕就跨過的坎，達芙妮之於阿波羅是，夏然之於她，亦是。

「總有人說『遺憾才是最美。』阿波羅雖然最後沒有和達芙妮在一起，但也因此將原先對達芙妮的迷戀，昇華到了精神層次，達到了一種自我提升。他將這份愛轉化成了文化和藝術的動力，達芙妮做不了他的妻子，卻從此成為了他的繆思。」

「所以……達芙妮是你的女神？」不知道為什麼，宇時悅得出了這個結論，而且直覺告訴她，這個答案一定是對的。

夏然心中一怔，那一扇不知道被大雪覆蓋多久的門，竟被推開了些許的縫。當被窺探到自己內心極力隱藏的一面，人的本能反應便是自我保護，所以他道：「她是太陽神阿波羅的女神，但我不是阿波羅。」

「可是你羨慕他。」

剛才他說起達芙妮和阿波羅的故事時，語氣明顯帶著一種憧憬與欽羨，他渴望體驗這種感受。比起愛情，他更希望的是和阿波羅一樣，在藝術上得到精神層次的飛躍提升。

宇時悅眨了眨眼，倏地起身，笑咪咪地道：「我也可以做你的達芙妮呀！你看！」她跟著畫裡的達芙妮做著一樣的動作，心裡默默地想：總有一天，她也要成為他的靈感繆思，與他肩並著肩，一起走向燦爛的未來。

但在夏然對藝術挑剔的眼中根本感受不到宇時悅的半分優美，有的只是滑稽，偏偏那一刻，他還是失神了，那顆沉寂已久的心悄悄地鮮活起來。

她的話明明聽起來是那麼自不量力，卻是他這輩子，聽過最動聽的話語。

後來每當夏然心情煩躁，靈感枯竭時，便會想起那個寒冷的冬日午後，在偌大的美術教室裡，有個女孩兩眼含笑，在他的身旁大言不慚地說要做他的達芙妮。

宇時悅大概怎麼也不會想到，有一天她竟然真的應證了自己說的話。

只是她不知道，對夏然來說，她不只是他的達芙妮，更是他的阿波羅。

那個如太陽之神般，炙熱、光亮，令人無法忘記的存在。

＊

周思年沒想到會撞見那一幕。

中午吃飽飯後她發現自己鉛筆盒忘在美術教室了，距離午休鐘響還有十分鐘，應該還來得及。

美術教室的門是開著的，周思年鬆了口氣，她從窗戶望進去，確認裡面沒有人，她躡手躡腳走到自己上課的座位，低頭一看，鉛筆盒果然在抽屜裡。

周思年拿起鉛筆盒正準備離開，驀然瞥見與美術教室相連的辦公室中的兩抹身影。

男人坐在椅子上，雙腳微開，將站著的女孩困在自己面前，兩手輕輕扶在女孩的腰上，像是把她圈在自己的領地一般，而女孩低著頭，雙手溫柔地捧起男人的臉，讓他的頭揚起一個絕美的角度。兩人的唇瓣相接，就像是一座虔誠又完美的雕塑。

正午的陽光透過後方窗簾的接縫星星點點灑落在兩人身上，將他們的輪廓鍍上了一層柔和的光，寧靜得像一幅畫，直到周思年不小心撞到一旁的門框，聲響倏地驚醒裡面的兩人。

宇時悅猛然回頭，猝不及防與周思年四目相接，渾身一僵，紅潤的小臉霎時血色全無。

「思年，我……」

周思年和宇時悅站在無人的走廊上。

宇時悅頂著蒼白的臉色，欲言又止，如鯁在喉。

夏然還在不遠處的辦公室裡，剛才被周思年撞見時，她滿臉驚慌失措，反倒是夏然，平靜沉默，什麼都沒說。

他似乎沒有震驚，也沒有迅速和宇時悅拉開距離，甚至沒有出口解釋他和宇時悅的關係。陽光在他的臉上蒙上一層陰影，周思年無法揣測那個站在宇時悅身邊的男人，那一刻心裡在想些什麼。

竟然沒有反駁？究竟是因為被抓得正著，知道辯解也無法改變什麼，還是他願意承擔起這份「罪責」呢？

「我不會說的。」周思年率先打破沉默。

要她去舉報自己的好友和老師發展出超越學生與師長的情愫？她看得出來他們兩人是兩情相悅，否則在被發現的下一秒，夏然就應該直接推開宇時悅，然後開始積極辯解不是她所看到的樣子，而不是雙眼直盯著她瞧，卻一句都不解釋。

師生戀——那是在他們這個年紀裡，會被視為「悖德」的感情。

沒有違法，只要雙方你情我願，老師就不算誘拐，也不會被判刑，但「道德」這種觀念是根深柢固的，眾人的眼光和耳語，遠比那些看得見的刑罰來得可怕。

她怎麼能眼睜睜地看著宇時悅因為這樣而受人指指點點？

「可是時悅，妳想清楚了嗎？」

宇時悅走到欄杆邊，她朝美術教室的方向望去，久久不語。她知道，夏然就在那裡。

其實剛才被周思年撞見的時候，夏然要是直接就推開她，她心裡或許還會猶豫，畢竟這種事如果被公開，作為老師一定會被學校辭退的，所以如果他退卻，宇時悅也可以體諒，偏偏他什麼都沒有反駁，只是在她走出教室的前一秒喊住她：「時悅。」

他凝視著她不安的臉龐，沒有過多的安慰，只是說：「我等妳。」

宇時悅，我在這裡等妳。

我就在這裡等妳。

哪也不去。

霧氣氤氳上了她的雙眼，輕輕柔柔的話飄散在風中，但周思年卻聽得無比清晰：「我愛他。」

很愛很愛，比她想像中還愛。

宇時悅原以為自己對夏然的感情也就是喜歡，很喜歡很喜歡的那種喜歡，無可自拔、無可救藥的那種喜歡，可是當她看見他眼中紛飛的大雪漸漸止息，那原本一直望不到盡頭的瞳孔裡，倒映出了自己的身影，她就知道——她是夏然的救贖。

無論夏然曾經經歷過什麼，現在的他願意卸下自己多年築起的層層防備，為她再度敞開心扉，只因為那個人是她——宇時悅。

這樣的男人，她怎麼能不愛？

周思年走了之後，夏然和宇時悅達成共識，在學校除非課堂或必要時候，暫時不要那麼密集的見面了。

但宇時悅並不知道，其實她和夏然的事，除了周思年之外，已經被其他人發現了。

＊

宇時悅把自己關在房間裡，耳機裡的音量大到已經要刺穿耳膜，依然隔絕不了外頭劇烈的爭吵聲，還有乒乒乓乓的巨響。

這已經不是第一次了。

「行，我受夠了，離婚！離婚！」

「離就離！我也受夠了，每次回來就是這樣，這還像個家嗎？」

「你在乎過嗎？也就我嫁過來的頭幾年還像個家，之後呢？」

……

宇時悅家的經濟條件還不錯，雖然不算富裕，但也是小康家庭，在她的印象中，小時候爸爸媽媽的感情也是很好的，鄰居親戚都羨慕。

宇父原本是一家小公司的主管，後來自己出來創業，他本身能力不錯，敢闖敢衝，加上時運好，公司竟也就這樣經營起來，一路順遂，沒什麼太大的風浪波瀾。待公司穩定後，宇母就把工作辭了，專心顧家。

哥哥宇時風是宇父早些年和前妻生的孩子，宇時悅的母親嫁過來後他便自己搬出去住了。或許是年紀相差較大，宇時悅和這個哥哥感情倒是不錯，雖然不住在一起，但每年生日的時候宇時風都會送她禮物，等她上了高中，宇時風恰好從外縣市調了回來，她更是經常去他家串門子。

公司做得好，自然越來越忙，全家的經濟重擔都掛在宇父身上，後來為了拓展業務，他更是長年出差在外，這個家倒成了他的旅館一樣，一年到頭見面的次數，宇時悅手指頭都數得過來，夫妻間的感情也是在這時候開始亮起了紅燈。

說到底也沒什麼大事，宇父沒有外遇，只不過就是工作忙，但宇母本來就是比較依賴人的性子，有時候遇到事情，那個結婚時說會保護自己的丈夫卻總是不在身旁，長久下來，心裡終究是有了疙瘩。

離婚這件事大概是從一年前開始吵的，一開始宇父都會哄著，但次數多了，他也不耐煩了，回家的時間就更少了。原本溫婉賢淑的宇母變得暴躁易怒，成日抱怨這抱怨那，唯一在家的宇時悅就成了她傾吐的垃圾桶。宇時悅聽她抱怨也會心煩，但最終因為心疼母親，還是默默承受。

今天也不知道怎麼回事，他們吵得特別凶，宇時悅煩燥到什麼書都看不進去，隨手拿起手機通訊錄找到宇時風的電話，撥過去卻是語音信箱。通常這種時間如果打不通，代表他在執行任務，她的心情不免又低落了幾分。

她接續又打了幾個人的電話，酒酒沒接、蘇洋沒接，打給周思年好不容易通了，響了很久卻一樣沒人接。

宇時悅心裡突然有點不是滋味，心情更加煩悶。明明身邊有那麼多的朋友，但當真的想說話的時候，卻發現一個人也沒有。

家裡的氣壓實在是低得她有些喘不過氣，宇時悅索性拿了手機溜出家門。

她一個人坐在長椅上低著頭發呆，不知道過了多久，視線裡突然出現一雙拖鞋，她緩緩抬頭，對上來人的雙眼，睫毛上濕漉漉的，好不容易壓下去的情緒忽然間又翻湧了上來。她露出了一個難看的笑，「你來啦。」

宇時悅也不知道自己怎麼就給夏然打電話了，只是當她一個人漫無目的地走在空蕩蕩的大街上，偶爾有車從馬路上呼嘯而過，那一刻，她突然很想很想夏然，哪怕他依舊是那副疏冷淡漠的樣子，她還是想見他。

可是這麼晚了，她又不知道夏然住哪兒，要上哪去找他？

宇時悅放在口袋裡的手不自覺握緊手機，夜晚的風吹打在她的身上，有些刺、有些冷，卻依然沒能吹散她心中那股執念。她心想，如果不能見到面，聽聽聲音也是好的——

她把手機拿到耳邊，綿長的等待聲與心跳聲交相呼應，沒多久，電話通了。

「喂？」

那聲音宛若低沉的晚鐘輕響，實實地敲在她的心上，眼淚不知不覺爬滿了她的臉龐。

夏然將車停在了一個不起眼的小公園旁，遠遠地就看見其中一張長椅上坐著一個熟悉的身影。

他走到在那人面前站定，腦中想起半個小時前的那通電話。

看著來電顯示，他往屏幕左上角瞥了眼時間，晚上十點半，然後才按下接聽鍵。

「……」

「時悅？」

電話那頭隱隱約約傳來了細小的嚶嚀聲。

她在哭。

夏然的心臟像是被誰緊緊揪住，他二話不說披了件外套，拿過門前櫃子上的車鑰匙就出門，邊等電梯邊對著電話那頭問：「妳在哪裡？」

如今看到她完好無損地在自己面前，夏然那一顆懸著的心終於放下。

宇時悅傻傻地衝著他笑，眼角還帶著未乾的淚痕，怎麼看怎麼滑稽。

「別笑了，很醜。」

「老師，有你這樣安慰人的嗎？」

「我有說我是在安慰妳嗎？」

「……」

兩人走到附近的便利商店裡，宇時悅找了個面窗的位置坐下，從鏡面的反光看著身後的夏然在櫃檯結帳，端著兩份關東煮朝她走來。

宇時悅伸手接過，「謝謝。」

等她吃了幾口後，夏然才問道：「說吧！怎麼回事？」

宇時悅這會兒已經冷靜下來了，她本來就沒打算隱瞞，喝了一口湯後說：「我爸媽要離婚。」

很多家庭都曾遇到過這個問題，父母覺得日子無法再繼續一起過下去了，有些是其中一方為了小孩忍讓退步，努力維持著表面上的家，有些則是一拍兩散，最後受傷害的，往往都是孩子。

宇時悅雖然還沒到十八歲，但也已經算是半個大人了，父母要離婚其實也不是不能接受，只是在這個準備迎接人生重要考試的關鍵時刻，這種事情對她來說無疑是個打擊，令她心浮氣躁，惶惶不安。

夏然一下子就明白怎麼回事，聽完宇時悅說的話後，他破天荒地伸出手，在她的頭上溫柔地揉了揉，清冷沉穩的嗓音帶著一股安定的力量：「既來之，則安之。」

明明他只說了這麼簡單的一句話，她卻覺得心中的那股躁動竟奇蹟似地被他撫平了。

「老師，你能抱抱我嗎？」

宇時悅就只是想沖散這沉悶的氣氛隨口說說，誰知道她話音剛落，一股勁道就將她拉進了溫暖的胸膛，她怔住了。

這個懷抱沒有任何曖昧，卻讓她感到無比安心。

宇時悅把手伸進夏然的外套裡，環過他的腰，緊緊地回抱他。

這樣真好。

如果時間能停留在這裡就好了。

＊

越是要保持距離，宇時悅就越想念，她不知道夏然有沒有同樣的感覺，電話裡總聽不出他的情緒，依舊是那副寡淡疏冷的樣子。

雖然他們見面的次數其實也沒少多少，只是那些偶爾的小心動不能再在學校裡隨意做。

宇時悅的成績很一般，不是特別好，也不是特別差，但恰恰就是在這樣，志願是最難填的。

排名後面一點的大學基本上沒什麼問題，可是她又不想屈就在那裡，但若想要排名靠前的學校，又比不過人家，連性向測驗測出來，她都是文組和理組的中間值。說好聽點是去哪都可以，說難聽一點，就是都沒有特別的興趣，她彷彿都已經可以預見自己的未來是如何庸庸碌碌。

喜歡上夏然之後，她突然有了目標，下定決心要考美術相關科系，夏然一聽卻不同意。

「妳應該要選擇自己喜歡的，而不是因為我喜歡妳才選的。」

「因為你喜歡，所以我也喜歡啊！」

宇時悅說的是實話，她想過了，既然沒有特別的興趣，那就挑個不討厭的呀！而且有夏然在這裡，她更有動力。

夏然說不過她，幾次之後索性就不管了，搞藝術其實是很辛苦的，他想時間久了，她就會明白的。

因為美術系基本上都要求要參加術科考試，這方面對普通的高中生來說比較吃力，宇時悅正好找了這理由，三不五時就到夏然的辦公室請他指導。她知道學校裡也有要考音樂系的學生，在沒有音樂班的情況下，他們也是這樣，幾乎天天都待在音樂老師那裡補樂理。

日子久了，夏然也發現當初宇時悅說的是認真的，因為他喜歡，所以她也跟著喜歡，她是在努力用自己的方式靠近他啊！

而且他也看出來了，宇時悅在這方面確實是有天賦的，所以他一改最初的散漫和敷衍，認真地教她，希望能助她考上她理想的學校。

原本就講好刻意疏遠彼此，也因為那天宇時悅哭著打電話，夏然立刻追出來後，兩人的關係又親密了起來，只是這次他們更小心翼翼了。

今天第一堂是數學課，老師在黑板上奮筆疾書，周思年把課本攤開在桌上，心思卻早已不在課堂上。她的腦海裡全是昨天在那本黑皮書上看到的內容，那是一個新的篇章：**創造者**。

這個世界的創造者——就是自殺者本身。

「自殺」是用刻意的手段強制結束自己的生命，換句話說，自殺者本身在陽世並沒有履行完身為「人」的義務，所以死後的靈魂也無法被歸到天堂或地獄裡，只能被迫遊蕩在這陽間與陰間的夾縫，無處可去，「灰色世界」就是在這樣的因果下被創建出來的。

沒有人可以追溯它的源頭，也沒有人可以證明這本書中所說內容的真假，要不是周思年自己現在就身處在這裡，她也不會相信。

不過這就解釋得通了，她之所以會出現在這裡，並不是取代了原本這個世界的「周思年」，從頭到尾，這個世界就只有她一個周思年，她才是那個在現實生活中自殺的周思年，所以現在這個世界就是她所創造的。

這是一個以她為中心的世界。

可是為什麼她對這裡的一切都有種陌生又熟悉的感覺呢？

她一醒來，江誠光就說自己是他的女朋友，而且她還有一群好朋友，她明明對他們都沒有印象，但他們的存在又是那麼地理所當然……

「老師，不好意思，打擾一下。」

周思年的思緒被驟然闖入的聲音打斷，她抬起頭望向前方，數學老師停止了講課，眾人的視線也被那突然出現的人吸引過去。

那是負責他們班的輔導老師，此刻教室外面的走廊上還站著一位教官。

輔導老師朝教室裡掃了一圈，問：「宇時悅在嗎？」

大家的視線聚集到了被點到名的宇時悅身上，每個人的目光都帶著疑惑和好奇，宇時悅默默起身，因為周思年的座位離她有點距離，所以她沒注意到宇時悅的手有點顫抖。

看著輔導老師和教官把宇時悅帶走，不知道為什麼，周思年有種不好的預感。

整個上午都不見宇時悅回來，周思年拉著酒酒到輔導室看看，蘇洋則和江誠光到教官室去查探。

「輔導室裡沒看到時悅。」四人回到教室後，周思年先開口。

蘇洋神情有些古怪，「我們在教官室看到了時悅的父母。」

「還有美術老師，夏然。」江誠光補充道。

周思年心裡一個咯噔，她想……她猜到是怎麼回事了。

眾人陷入短暫的沉默，良久，蘇洋說：「看來是被發現了……」

周思年猛然抬頭，見酒酒回了個單音節「嗯」就沒有下文了，而江誠光則是跟著點頭，她有些震驚，「原來你們……我還以為……」原來大家早就都知道了。

「我是前兩天經過宇時悅座位旁發現的，她的筆記本上寫滿了『夏然』的名子。」蘇洋回道。

江誠光眸光極快地閃爍了下，「我也是，前兩天偶然發現的。」

「我比你們都早一點。」

在話劇比賽前梁酒酒就知道了，只是這件事她至始至終都沒有跟宇時悅提起或戳破，只是在她不小心情不自禁盯著夏然看，或是做出什麼容易暴露的舉動時及時制止她，就像上次話劇比賽當下在後台時一樣。

一個人的愛慕，又豈是那麼容易隱藏的？即使什麼都不說，即使再小心翼翼，但那些不經意流露出的眼神，無意識下做的舉動，有時候連自己都沒有發覺。

雖然他們四人都知道，但周思年敢肯定，絕對不是他們之中的任何一個人去告密的。

那麼到底是誰去舉報的？

*

宇時悅確實不在輔導室，她是在輔導老師才有權限打開的小房間裡。

這些房間的擺設和布置都是嫩黃色、粉色、天藍色……這類柔和的色調，裡面放著沙發和一張桌子，以及不同的抱枕和娃娃，是專門給輔導老師單獨開導學生或談話所設置的。

通常會來這裡的都是有自閉、憂鬱，或是受到霸凌、性騷擾等情況的學生，在這樣「溫馨」且「密閉」的房間裡，只有自己和一個老師，或許更該說是說話者和傾聽者，這會讓他們降低心理防備，更願意敞開心扉說話。

此刻，輔導老師就坐在宇時悅左側的一張沙發上，隨意和她聊天，從親情談到友情又談到愛情，這樣的氣氛本該是輕鬆愉快的，但宇時悅的心始終靜不下來。她平常那麼活潑開朗，今天卻異常安靜，也不太願意回答。

宇時悅心裡藏著祕密，一直揣揣不安，老師問得越多，她越緊張。

她隱隱約約猜到了接下來會發生什麼。

果不其然，老師在一番閒聊後切入主題：「時悅，前天，有一份匿名的包裹寄到學校教官室，我想，應該給妳看一下。」語末她從袋子裡拿出了一疊照片，放到宇時悅面前。

在看見照片上的那一男一女時，宇時悅渾身的血液就凝固了，她臉色煞白，淚水漸漸模糊了視線。

那一張張照片全都是她和夏然。

大部分是在教室裡，夏然在教她畫畫。有些是在夏然的車上，因為有時候她會搭夏然的車放學。還有父母吵架那天，她和夏然在便利商店一起吃關東煮，以及最後他送她到她家樓下。

照片裡有他們在美術辦公室裡親吻，在便利商店擁抱，還有的是她偷偷看著夏然，或是夏然在她沒注意時專注凝視她的模樣，宇時悅胸口驀地一抽，哭著哭著就笑了。

她現在才知道，原來夏然看她的眼神是這樣的——彷彿要把她從此刻進自己的腦海裡，隱忍又深情。

誰都看得出來照片裡的兩個人是一對，證據確鑿，無從反駁，而事實上，宇時悅也沒有想否認。

她一開始就打算好了，如果曝光了，絕對不會連累夏然。

「是我先喜歡夏老師的，不是他的錯，他不過是被我纏得煩了才……」

「時悅。」輔導老師打斷她的話，「夏老師昨天已經辭職了。」

夏然把這件事攬在他自己身上，昨天已經遞交辭職信了。

嘩啦——

宇時悅手上那疊照片霎時掉了滿地，腦中嗡嗡作響。

昨天她去辦公室時發現門是鎖著的，夏然習慣拉上窗簾，所以從外面看不到裡面的情況，當時她也沒多想，卻沒想到竟然是這樣。

她二話不說拿出手機打給夏然，撥通了但沒人接，她不死心，一次又一次地打，但結果都一樣。

周思年他們以為宇時悅會回來，最後等來的卻是她父母來拿她的書包回家，隔天她和夏然的事不知道怎麼地就在學校傳開了。

就算在教室裡，也能聽到大家竊竊私語，內容有好有壞。

「不是吧！這根本就是少女漫畫裡才會出現的情節啊……」

「就是，你們看夏老師，根本就是現實版的撕漫男吧！」

「宇時悅運氣也太好！」

「我看根本就是不知羞恥，和老師談戀愛，她膽子也真夠大的。」

……

「你們覺得，到底是誰追誰啊？」

「那鐵定是宇時悅追夏老師的吧！」
「我也這麼覺得，夏老師看起來一臉禁慾，哪有可能主動出擊，反而是宇時悅的性格比較有可能。」
「宇時悅長得又不是特別漂亮，真不明白夏老師喜歡她什麼？」
「是嗎？我倒覺得他們挺配的，你看夏老師就是個悶葫蘆，要是和一個安靜內向的人在一起，都沒有人要主動說話，那還不尷尬死。」
……
「聽說是宇時悅一直纏著老師，老師才逼不得已答應的。」
「行了，妳就是嫉妒人家吧！夏老師那樣子看起來是很好任人擺布的嗎？」
「唉唷不管啦！反正我覺得誰都配不上我們夏老師。」
「要是老師能當我男朋友，口水戰算什麼？鍵盤俠我都可以忍，退學我也願意！」
「雖然夏老師長得還不錯……可是他們兩人的年齡也相差太多……」
……
連續三天，宇時悅都沒來上課，問了班導才知道，她請假了。
中午周思年他們四人又仗著江誠光的權限到吉他社社窩吃飯。
「這樣也好，不然聽到這些話會很難受吧！」蘇洋淡淡道。
梁酒酒贊同地點頭，「她來了也不會有心情上課，倒不如在家調整好心情，再一個多月就要考試了。」

江誠光蹙眉道：「不過這件事確實有蹊蹺，這種事校方是絕對不希望曝光的，但才短短一天的時間，已經在學校裡上上下下傳開了。」

周思年一聽，跟著放下筷子，「我也這麼認為，肯定是有人故意傳開的，你們覺得會是誰呢？」

蘇洋歪著頭思考著，「……我覺得可以首先排除掉師長，這種事會在學生之間造成不小的騷動，弄得大家心浮氣躁，鄰近考試前，學校的氣氛是要莊重嚴肅的，所以學校一定會對師長們下封口令。就算是老師聊天不小心被學生聽到，那種機率也很低。」

梁酒酒附和道：「我同意，很大的可能是從學校裡的同學間傳出去的。」

「最近宇時悅有得罪什麼人嗎？」江誠光問。

「她的性格活潑開朗，在班上跟大家也都處得不錯，好像沒有誰特別討厭她……」

「不一定是討厭，也有可能是嫉妒。」

「宇時悅哪有什麼好讓人嫉妒的？」蘇洋不屑地哼了下鼻子，那個凶八婆又不是長得特別漂亮或是腦袋特別好，動不動就踹他，嫉妒她的是腦子有病吧！

梁酒酒卻突然說了一句頗讓人意外的話：「我就挺羨慕她的。」

眾人齊刷刷看向她。

「她應該就是屬於那種八面玲瓏的人吧！跟誰都能做朋友，很容易就融入群體當中，就連陌生人她都可以自在地聊天，很快和人家打成一片，有她在的地方就會有笑聲……」

大家一時無聲。

梁酒酒說的沒錯，在他們五人當中，宇時悅就像一個隨時都在發著光，散發著正能量的小太陽。她是他們之間的潤滑劑，梁酒酒性子冷；蘇洋是個直腸子，還常常嘴巴犯賤；周思年很慢熱；江誠光為人溫和，更多的時候是當個傾聽者和指引者的角色，在重要時刻才會發表自己的看法或言論。

這次發現宇時悅和夏然在談戀愛，他們所有人第一時間下意識都是幫她隱瞞，沒有一個人去大聲地指責她，事情被傳開之後，他們也沒有和別人一樣討論她和夏然之間的真實性，而是積極地想幫她抓出散布消息的兇手。

以前蘇洋不這麼覺得，但被梁酒酒這麼一說他才後知後覺，宇時悅是他們這個團體中不可或缺的靈魂。如果這件事發生在他們其他四人當中，她一定也會第一個跳出來義憤填膺發表言論，為他們打抱不平吧！

*

周思年陪江誠光去寵物店買元寶的飼料和用品，快七點才到家，黃慧敏聽見門口聲響，知道是周思年回來了。

「回來了？」她到廚房給她熱飯菜，「剛才有個女孩子來找妳，說是妳班上的同學，姓梁，名字叫什麼我忘了，我讓她去妳房間等，剛想給她送點心上去，她就一臉慌慌張張地出來，說是有急事就走了。」

周思年確實約好了今天晚上和梁酒酒一起討論報告，她傳了LINE問她出了什麼事，等了許久也沒等到梁酒酒回覆，她索性躺在床上做起運動。

良久，書桌上的手機震動，周思年伸手要拿，結果一不小心把桌上的書掃到地上，發出好大的聲響。

「嘶……」

「思年，怎麼了？沒事吧！」

「沒事沒事，只是書掉了。」

周思年邊應答邊彎下腰去撿——是那本神祕的黑皮書。她把書拿上床，心裡卻有一絲奇怪：這本書怎麼會放在她桌上？

平常她都是把它藏在床底下的，難道是自己忘了收嗎？

冬天家家戶戶幾乎都不開冷氣，但房門關著，室內空氣不流通，所以會把窗戶開一個小縫透氣。此時夜晚冷肅的風吹了進來，讓周思年打了個寒顫，她起身打算關窗，面前的書倏地被風吹得快速翻頁，發出嘩啦啦的聲響，她試圖伸手想闔上書，卻被銳利的紙割破了手指，幾絲血珠冒了出來，她只好趕緊先拿衛生紙止血。

直到那陣風停止，書被攤開到了空白的一頁，赫然出現新的章節：**理想世界**。

這個世界是依照創造者的意念所創造出來的「理想世界」。

周思年心裡頓時五味雜陳，這個世界是由創造者——也就是她——心中的所念所想幻化出來，換句話說，這裡的一切全都是假的。

這樣就說得通了，明明已經不在了的父親，在這裡依舊好好地活著，而且她有宇時悅、梁酒酒、蘇洋這樣的好朋友，甚至有這麼完美的江誠光當她的男朋友，即使自己一點印象都沒有，感覺卻是熟悉的。

可是明明在這裡發生的所有都是那麼地真實，他們的笑是真的、哭是真的、友情是真的、喜歡也是真的，所以才會感覺到痛不是嗎？

周思年雖然不記得以前的自己是個怎麼樣的人，又遇到了什麼事，最後才會選擇自殺，但想必，那是逼不得已才做的決定吧！

真的假的又如何？反正她都已經死了，這是已經改變不了的事實了。既然命運讓她再重生一次，那就好好的在這裡活下去吧！在這個自己心中最期盼的世界裡，努力地活下去！

第五章　影子追光

週一下午班導把周思年、江誠光他們四人都叫到辦公室去，也不繞彎子，開頭就問：「宇時悅這幾天有跟你們聯絡嗎？」

大家你看我，我看你，最後都搖搖頭。

宇時悅雖然平常性子大喇喇，但這種事情確實不好開口，她大概也不希望讓任何人知道，不然當初就不會選擇隱瞞了。

現在戀情曝光，那更不用說，她的心情肯定很糟糕，說穿了他們也幫不了什麼忙，如果打電話給她，反而會讓她覺得更難堪，只能等她自己消化。

「老師，發生什麼事了嗎？」江誠光問。

「宇時悅失蹤了，她的爸媽今天早上報的案。」

學校的老師和宇時悅的父母商量後決定，這幾天先讓她在家休息，不要到學校了，以免影響情緒。宇時悅也沒心情上課，這些日子她都把自己關在房間裡，昨天為了她的事，父母又在家裡大吵一架，結果今天早上才發現她不見了。

班導眉頭緊蹙，「宇時悅在班上跟你們最好吧！你們想一想，看她平常會去些什麼地方，另外，如果她有聯絡你們，記得第一時間跟老師說。」

放學後江誠光載著周思年，蘇洋載著梁酒酒，四人分頭到一些他們平常會去的地方看看。

「怎麼樣，你們有找到嗎？」周思年和江誠光停在那家他們常去的冰店外，用手機打開視訊和另一邊的梁酒酒和蘇洋通話。天色已經黑了，他們能去的地方都去了，但還是一無所獲。

梁酒酒道：「我們這裡也沒有。」

江誠光湊到周思年的手機鏡頭前說：「今天大家先回去吧！警察那邊也在找，搞不好明天就有消息了。」

「欸，我說……」蘇洋突然摩娑著下巴問：「妳們女生這種時候最想見誰呀？」

他的話有如醍醐灌頂，周思年和梁酒酒幾乎異口同聲：「夏然！」

對啊！他們怎麼沒想到！

宇時悅肯定是去找夏然了！

＊

夏然正站在機場裡排著隊等著托運行李準備出國，手機驀然響起。電話那頭的人說了幾句，半晌，夏然重新拉上行李，走到機場外上了計程車。

宇時悅不見了。

夏然不斷地打宇時悅的手機，但都沒人接聽，到家後他連家門都沒進，直接開上自己的車上路去找人。

從早上九點到晚上九點，十二個小時的時間他連水都沒喝幾口，電話打了又打，訊息也傳了好幾十則，手機都要沒電了，最後他找了個位置停車，到附近的便利商店買杯咖啡提神。

夏然接過店員手裡的咖啡準備離開，轉身時剛好瞥見窗前的那一排座位……上次他和宇時悅就是坐在另一家便利商店的那個位置吃消夜。

當時宇時悅打電話給他，什麼話也沒說，只是那一陣陣的抽泣聲從另一頭徐徐傳入耳膜，聽得他的心也跟著絲絲抽痛。

後來在公園找到了她，那個平常總是充滿電力的女孩可憐兮兮地抬頭望著他，他頭一次見到她如此脆弱的模樣。

夏然坐在車裡沉思許久，最後他打了方向盤，朝著上次那個公園開去。

夜幕低垂，只剩下零星的路燈閃爍，隔著一段又一段的距離微弱地照著街道。這個公園並不大，裡面就一個溜滑梯在正中央，旁邊還有一小座盪鞦韆和幾個搖搖馬，平常大多是住在附近的小朋友和老人在這裡活動，但這個時間點早就回家了。夏然從車窗裡望出去，赫然瞥見滑梯後方有兩男一女在拉扯。

「放開她。」

宇時悅沒想到，那個她想見了很多天卻怎麼都聯繫不上的人，此刻竟就這麼出現在自己眼前。

望著擋在自己面前的寬大背影，那瞬間她感覺全世界都被按下了暫停鍵，靜謐無聲，只剩下眼前的這個人。直到那兩個混混離開，夏然拉著她上車，她都沒有回過神來。

「有沒有哪裡受傷？」夏然一手撫上宇時悅的臉擔心地問，見她只是愣愣地望著自己，以為她是被嚇到了，還沒緩過勁來，索性自己檢查起來。

驀地，手背上感覺到一滴、兩滴的濕潤，他抬眸，對上那雙浸滿淚水的眼睛。

會哭就好，總算是有點反應了。

他曲起手指抹掉她的眼淚，誰知道她哭得更凶了。

「別哭了。」

宇時悅猝不及防環住他的脖子，泣不成聲地道：「你怎麼現在才來啊！」

她還以為他真的走了，再也不要她了。

「對不起，我來晚了。」

宇時悅不知道，此刻夏然心裡想的卻是還好趕上了。剛剛他在車裡看見那個擔心了一整天的身影就在前方被人糾纏，他連車門都顧不上關就衝了過去。

確定她很平安，只是有點髒兮兮的，像是被人拋棄在路邊的小貓，那顆整日懸在半空中的心總算是落了下來。

要是再晚一點，她發生了什麼不可挽回的事，他一輩子都不會原諒自己。

等宇時悅情緒平復了一點後，夏然才問：「我給妳打了那麼多通電話，為什麼都不接？」

宇時悅從口袋裡拿出手機給他，「沒電了。」

夏然接過，拿出車上的ＵＳＢ線幫她充電，沒想到卻換她問他：「那你呢？為什麼都不接我電話？」

「……安全帶繫上，我送妳回家。」

「回答我。」

「……」

「你打算逃避到什麼時候？」

「……」

「你再不停車，我就跳車了！」

宇時悅作勢要拉開車門，夏然趕緊從中控落了鎖，將車子打了個方向燈停在路邊。

車中陷入一陣令人壓抑的沉默，像被一隻大手扼住了誰的喉嚨。

良久，夏然緩緩開口：「……我原本要搭今天早上的飛機走的。」

宇時悅心頭一震，雙眼頓時跟著亮了起來，「但你為我留下來了，對嗎？」那就說明，他的心裡還是有她的對吧？

誰知道接下來夏然的話，讓她剛剛才燃起的心瞬間又涼了一半。

「時悅，我們不適合。」

「為什麼？我不要這麼爛的理由。」不適合？他現在才來說不適合，不覺得晚嗎？「我們已經不是老師和學生了。」夏然辭職了，所以他們兩人已經不是老師和學生的關係了。

「時悅，妳的人生還很長，未來還會遇到很多人……不是誰沒了誰就活不了的。」

「好，那你看著我的眼睛，說你不愛我了。」

夏然抬首注視著她的雙眸，那些滾在唇齒間的話，終究是說不出口。

宇時悅從一開始的緊張到後來眉眼彎彎，她捧起夏然的臉，認真地凝視著他，一字一句道：「夏然，你聽好，除了你，我誰都不要。」

夏然，未來那麼大，可要是沒有你，再美的風景，那都只是背景而已。

＊

宇時悅找到了，大家都鬆了一口氣。再次見到她，周思年明顯感受到，她有些不一樣了，但卻說不出具體是哪裡不同。

宇時悅知道他們在幫自己找那個告密者，立刻表示她要加入。畢竟是她自己的事，她也想靠自己的力量找出那個兇手。

下課時周思年去了趟洗手間，她剛想開門出去，忽然聽見外頭的對話，停止了動作。

「沒想到那個宇時悅還敢來學校。」

「就是，妳都已經把照片匿名寄到學校了，結果夏老師竟然自己承擔一切引咎辭職了！？」

「哼，我爸爸是家長會會長，回家我就讓他跟學校施壓，這種品行不端的學生，我不相信學校會為了她，連名聲都不要。」

周思年猛地推開門，洗手台前那兩人似乎也沒想到她會在這裡，話聲戛然而止。

「范允馨，原來告密的是妳！外面那些謠言也是妳散布的吧！」

范允馨一點都沒有被撞破的窘境，她泰然自若地照著鏡子補妝，雲淡風輕道：「是我又怎樣？」

「妳為什麼要這麼做？時悅她哪裡惹妳了？」

「她哪裡惹我了？」她失笑，「那妳應該去問她才對。」

「我也很想知道，我到底哪裡惹到妳了？」

宇時悅不知何時走到周思年身旁，她的身高比范允馨矮一點，但氣場卻一點都不輸人。這還是周思年第一次看見那個平常總是面帶微笑的少女，眼底只剩無盡的冷意。

宇時悅會這麼生氣不是因為范允馨向學校告密，這件事早晚都得公開，她早就有心理準備了，如果真到了那一步，她也不是做了什麼殺人放火的勾當，大不了就是轉學而已，但她千不該萬不該把夏然給牽扯進來，這才是她最不能原諒的。

范允馨沒想到宇時悅竟然也在，臉色頓時有些難看，但很快就恢復正常，「的確，嚴格意義上來說，妳確實沒有惹到我，但是妳哥哥宇時風有。」

宇時悅皺眉問：「我哥哥做了什麼？」

「妳哥哥做了什麼？」說到宇時風，范允馨語氣不自覺上揚，激動道：「要不是他，謝瑀童那個案子警方怎麼會揪著我不放！」不論她父親怎麼上下打點，宇時風秉持著「正義」的名號，就是不肯放過她！

「我相信我哥不可能對妳動用私刑的。」宇時悅知道，宇時風不是這種人。

「他是沒有對我動用私刑，但他一次次審問我、逼問我，那些日子每個人都用看犯人的眼神看著我，可是謝瑀童明明就不是我殺的！」范允馨上前一步，不知道是因為憤怒還是其他情緒，她紅著眼死死地盯著宇時悅的樣子，像是要把她身上給鑿出一個洞，「妳知道精神折磨是什麼感受嗎？」

可惜蘇洋不在場，不然他肯定會嘲諷道：「那說到底還是妳爸爸人脈不夠，要是真的那麼厲害，能一手遮天，妳甚至都不用受審吧！搞不好還能轉成什麼汙點證人。」

宇時悅直視范允馨，冷聲道：「所以妳就用這種方式報復我？傷害夏老師？」

「對！既然妳是他妹妹，那替妳哥哥受苦應該不會不樂意吧！或者，妳更希望我爸去跟警界的人說說，讓他把妳哥哥從現在的位置上拉下來？」

「范允馨，妳別欺人太甚。」周思年往前一步擋在宇時悅身前，「謝瑪童雖然不是妳殺的，這件事卻也是因妳而起，妳敢說那個性愛影片不是妳找人拍的？妳要是心裡沒鬼，怕什麼？」

周思年算是聽明白了，范允馨這種性格和價值觀都是被她家裡的人給慣出來的，真的是讓她三觀重組，大開眼界。

「妳爸爸不過就是個家長會長，有錢又怎樣？世界上有錢的人那麼多，妳爸算什麼？他跟警界的關係要是真那麼好，妳當初也不會被警方盯著那麼久也沒有半點辦法吧！」

要不是她找人偷拍謝瑪童，能有後面那些事嗎？再說了，別人把她當犯人看，又不是因為宇時風緊咬著她不放，在一開始謝瑪童胸口上插著的那枝鋼筆一曝光，大家就已經這麼想了。

自己的爸爸動用關係上下打點……能把這種事說得這麼理直氣壯的，恐怕也只有她范允馨一人了。

「妳……」

范允馨剛想開口說什麼，宇時悅突然插話：「范允馨，妳真可憐。」

「什麼？」

「我說，妳很可憐。」宇時悅平靜地望著她，「妳就像是個要不到糖吃，只能又吵又鬧的小孩。」

「妳就不怕我……」

宇時悅直接打斷她，「不要以為只有妳有關係、有後門，我哥年紀輕輕就坐在那個位置，除了他自己有能力得到上層賞識，妳以為他背後就沒有靠山嗎？我勸妳還是省點力氣吧！別把妳爸好不容易建立的人脈都毀在這裡了。」

對付這種欺善怕惡的人，只有比他更狠，才有可能贏過他。范允馨頂多就算一個涉世未深的千金小姐，才會直到現在也只能拿她爸出來增加陣勢，所以只要口頭上唬住她就夠了。

雖然不知道宇時悅說的是真是假，但范允馨腦子不笨，多少還是對她的話有些忌憚，不過面子上依舊不肯認輸，「妳跟夏老師談戀愛這件事可都是事實，我沒冤枉妳吧！如今證據確鑿，要讓妳退學只是時間問題而已。」

「這個妳就不用擔心了，不需要妳大費周章，我自己會走的。」

「什麼意思？」

「妳不是很聰明嗎？」宇時悅拋下這句話便沒再多解釋，拉著周思年的手離開。

等到了教室門口，周思年停下腳步，「時悅……」

宇時悅回頭，滿眼都是笑意，「思年，剛才謝謝妳。」

周思年臉頰發燙，「我就是下意識……」范允馨的話讓她的火一下就竄了上來，如果是放在以前她確實不會吭聲，或許是和宇時悅他們相處久了，自己某些地方也悄悄地改變了。

一週後，機場。

「你們別愁眉苦臉的呀！笑一個嘛！」宇時悅雙臂張開，同時抱住周思年和梁酒酒。

「到那邊記得給我們傳訊息報平安。」梁酒酒叮囑道。

「要好好照顧自己喔！」周思年不捨地握著她的手。

「保重。」江誠光朝她點點頭。

「去那裡別欺負人家啊！收斂點大姐。」這種時候，也只有蘇洋還維持一貫的白目。

「滾！」宇時悅氣得朝他大吼，其他人掩嘴偷笑，一下子沖散了不少離別的感傷。

宇時悅已經辦好休學，打算出國唸設計，宇母會先陪她過去打理好一切再回來。

這件事是在那天得知范允馨就是告密者後決定的。其實早在夏然找到離家出走的她，對她說了那番話後她就在想了。

「時悅，妳的人生還很長，未來還會遇到很多人……不是誰沒了誰就活不了的。」

當時夏然的眼神她到現在都還忘不了，濕漉漉的，在那一片白白皚雪的決然後面，是他沒有說出口的脆弱。

的確，世界上沒有誰沒了誰就活不了的，如果夏然之前沒有遇見宇時悅，那頂多就是繼續那樣冰冷冷地和所有人保持距離過完這一生，偏偏他遇見了她，又愛上了她。若是失去宇時悅，他那樣的人，往後的日子，只會剩下行屍走肉。

夏然，我怎麼捨得讓你沒有靈魂地活著，這個世界還有太多美好，我都想跟你一起經歷。

反正夏然本來就打算趁此機會出國繼續深造，宇時悅的父母並不知道夏然也要出國，他們一心想把宇時悅送出國，讓她遠離夏然，之前她不肯，後來知道范允馨打定主意要讓她退學，而且勢不罷休，宇時悅忽然就想通了。

既然夏然已經不在那裡了，再過不久大家也要畢業，那這所學校也沒什麼好留戀的了。這些日子父母常常吵架，家裡也是烏煙瘴氣的，出國正好可以遠離這些是是非非，她還能繼續和夏然在一起。

周思年問她：「妳想清楚了嗎？」

宇時悅笑道：「嗯，其實我還得感謝范允馨，如果不是她，我也不會下這個決定。我已經跟夏然說好了，他會在那裡等我，陪我一起讀書，這樣不正好嗎？我可以學我喜歡的東西，還可以和夏然繼續在一起，不會再受到阻礙。」

面對范允馨那種惡霸的作為，她不是認輸，只是不想再浪費時間與她沒完沒了地糾纏。

後來周思年回憶起當時的宇時悅，她終於知道了她哪裡不同。

原本的宇時悅只是活潑開朗，但從夏然出現到他們的戀情被曝光，承受著眾人異樣的目光和道德批判，她沒有被擊倒，反而是在一夜之間長大，就像涅槃重生的鳳凰。

那樣的宇時悅，是她一直羨慕的。

*

寒假開始了，高三學測進入最後倒數，周思年、江誠光、梁酒酒和蘇洋每天放學都到圖書館做最後衝刺，有任何不會的問題剛好可以互相解答。

江誠光去洗手間時，背包裡的手機發出震動，周思年拿出來看了眼手機屏幕，是個陌生號碼，剛打算直接放回去，湊巧瞥見背包內側小袋裡有一張紙，她好奇地拿出來瞧——紙張是米黃色的，摸起來還帶著點淺淺的紋路，沒有文字，也沒有頁碼，應該是從哪裡撕下來的。

周思年把紙湊近鼻尖，上面有種特殊的味道，還挺好聞的。

「小年，妳在做什麼？」

周思年嚇了好大一跳。她專注地在研究手上那張紙，完全沒注意到江誠光已經回來了。

「剛才你手機響了，不過是陌生號碼，我就沒替你接了。」

江誠光沒急著去查看手機，反而看著她的手問：「妳手上拿著什麼？」

「噢，我剛剛在你書包裡無意間看到的。這是什麼呀？」

江誠光驀地感覺心臟停了一拍，他伸手接過，扯了個笑容道：「沒什麼，之前臨時要寫東西找不到紙，就從筆記本上撕了幾張下來，剛好剩這張沒用完，放著放著就忘了。」

見周思年點點頭，沒再揪著那張紙不放，他才悄悄鬆了口氣。

時間過得飛快，轉眼就到了學測，當最後一科考試的結束鐘聲響起，學生們魚貫而出，有的人哭喪著臉，有的人帶著勝利的笑容，早上還緊張的氣氛如今都隨著考試結束而解放。

蘇洋提早交卷，等江誠光、周思年、梁酒酒都出來後，四人決定一起去吃飯。

「你們覺得考得怎麼樣？」蘇洋問。

梁酒酒喝著飲料回道：「應該不錯。」

蘇洋把目光轉向江誠光，江誠光悠悠道：「嗯，有八成把握，小年妳呢？」

「別問了，我寫考卷的時候右眼皮直跳。」

蘇洋吹了個口哨，「呦，左眼跳財，右眼跳災呢！」

梁酒酒用手肘推了他一下，蘇洋只得趕緊改口：「咳……那也不一定呢！別想那麼多。」

江誠光寵溺地摸摸周思年的頭，「反正都考完了，再想也不會改變什麼，放寬心吧！」

大家用手機和宇時悅視訊，她在那裡要上銜接課程，還要加強自己的美術和英文，所以得再重讀一年高三，餐點送上來後她又聊了一會兒就先掛斷了。

很快迎來春節，大家就沒有再約出去，不過還是會用手機保持聯絡。梁酒酒家今年又去日本過年了，蘇洋則照慣例回爺爺奶奶家。

除夕夜十二點一過，外面放起絢麗奪目的煙火，周競岩和黃惠敏已經睡了，周思年獨自一人坐在客廳的沙發上看著除夕節目，手機忽然傳來震動，是江誠光打來的。

「喂。」

「小年，新年快樂。」

周思年嘴角微揚，心像是被浸了蜜糖一樣甜滋滋的，柔聲回道：「新年快樂。」

「在做什麼？」
「看電視呢，你呢？」
「想妳。」
她緋紅著臉，一時間沒有回話。
「小年。」
「嗯？」
「……」
等了許久都不見江誠光的下文，周思年問：「你還在嗎？」
「……沒事，很晚了，趕緊去睡吧！晚安。」
「嗯，你也是，晚安。」
那一夜，周思年睡得香甜，但她卻不知道，江誠光一夜無眠。

開學第一天，梁酒酒和蘇洋都沒來學校，周思年拿著手機打開他們群組的聊天紀錄，大家最後一次的對話還停在一週前。
江誠光見她臉色不好，走到她身旁，「在看什麼？」
「酒酒和蘇洋都沒來，前幾天時悅在群組裡說話，他們兩人也都沒回。」
沒聽見江誠光回話，周思年抬眸，見他一臉欲言又止，關心地問：「怎麼了？」
「……放學後，我帶妳去見蘇洋吧！」

周思年頓時來了精神，「是去他家嗎？他是不是生病了啊？」

江誠光不知道該怎麼回她，剛好這時老師走了進來，他摸摸她的頭讓她先安心上課便回了座位。

放學後江誠光牽著周思年的手離開教室，周思年本以為他是要去車棚牽腳踏車來載她，誰知道他竟然帶她走到了校門外的公車站。

「我們這是要去哪啊？不是去蘇洋家嗎？」

江誠光握著她的手緊了緊，道：「蘇洋他……不在家。」

不在家？

他們在市裡的大醫院門口下了公車，周思年望著前方那棟白色的建築，看著大門前不時有人進進出出，還有救護車伴隨著急促的鳴笛聲朝急診部快速駛近，她心裡越發不安。

「蘇洋他……是不是出了什麼事了？」

江誠光沒有回答，只是扳過她的肩，眼底似乎有什麼在盈盈閃爍，「小年，妳記住，無論待會兒發生什麼，我都在妳身邊。」

周思年不解問：「你是不是知道什麼？」

「先進去吧！」

＊

蘇洋和梁酒酒是在高二分班後才認識的，其實他最開始先熟稔的是宇時悅，俗話說得好，一山容不得二虎，他們兩個就像兩顆火球，說話不超過三句就會開掐，而梁酒酒就像水，她一個眼神總是能令他們倆收斂不少。

宇時悅和梁酒酒高一時就同班，跟蘇洋和江誠光一樣，周思年則是高二和江誠光在一起後才和他們混到一塊的。

有宇時悅的地方不一定會有梁酒酒，但有梁酒酒的地方，一定會有宇時悅。她們兩人站在一起，就像光和影子，宇時悅是那抹燦爛的光，梁酒酒是她身旁那個安靜的影子。

都說是影子追著光，但蘇洋覺得，宇時悅和梁酒酒的關係卻恰恰相反，反而是宇時悅一直黏著人家，或許也是因為她這樣的性格，才能和梁酒酒成為好朋友吧！不然她們怎麼樣看都不像是在同個頻率的人。

蘇洋也不知道自己是從什麼時候開始的，他的目光會自動追逐那道清冷的身影，每次對上那雙黑玉般剔透的眼睛，胸口的位置就像有隻爪子在撓啊撓。她疏離寡淡的聲音就好似潺潺流動的清澈小溪，總能讓他原本煩躁的心情平靜下來。

梁酒酒就是他和宇時悅之間平衡的支點，一開始蘇洋只是覺得好玩，所以才老是故意惹宇時悅生氣，梁酒酒總會適時拉住宇時悅，澆熄他們這一場即將點燃的硝煙。後來他們漸漸熟了起來，梁酒酒偶爾也會用眼神制止他，發現這一點後，蘇洋開始刻意和宇時悅吵架，為的就是吸引梁酒酒的目光，讓她出聲訓斥他——那種感覺很奇怪，就算是被罵，他也覺得像吃了蜜糖一樣。

有一次蘇洋不小心聽見宇時悅和梁酒酒的談話：

「酒酒，妳喜歡蘇洋吧！」沒等梁酒酒回答，宇時悅就接著道：「妳別否認呀，連思年都看出來了！真不知道是誰一開始還嫌他吵、嫌他幼稚……」蘇洋的心臟頓時漏跳了一拍。

梁酒酒……喜歡他？

「……他現在還是很吵也很幼稚。」

「妳這是默認了是吧！」

「妳小點聲，是想讓全校都知道嗎？」

「放心吧！這時候這裡不會有其他人的。」宇時悅給了她一個相信我的眼神，眉眼彎彎地笑道。

「妳有沒有發現，其實蘇洋那傢伙對妳很特別？」

梁酒酒挑眉，等著她解釋。

宇時悅比著手指頭細數了好幾個點：「妳看呀！他真的特別聽妳的話，每次我們兩個快打起來的時候，妳一個眼神丟過去，他立刻乖乖閉嘴！還有啊，上次午休我可是看到了，妳坐的位置剛好是在冷氣口斜下方，他怕妳冷還偷偷把自己的外套蓋在妳身上呢！……」

宇時悅嘰哩瓜啦地說個沒完，直到梁酒酒有些臉紅地制止她才停下：「行了。」

「妳別說，他還真的是挺受歡迎的，可那麼多女孩子都喜歡他，他都沒對她們做那些事，我可以確定，妳在他心裡絕對和那些女生不一樣。」

梁酒酒不承認也不否認，顧左右而言他，「我現在只想專心在學業上。」

「那不衝突呀！而且愛情有時候還能對妳的學習產生助攻的作用呢！過了這村可就沒這店了，妳要再等，搞不好就被別人搶走了。」雖然她不想承認，但蘇洋這傢伙確實還有滿多優點的。

雖然他們倆平常老愛鬥嘴，但相處了這麼久，蘇洋的人品她還是有點底，身為他們兩人的朋友，宇時悅真心希望梁酒酒可以跟蘇洋在一起。

當局者迷，旁觀者清，梁酒酒自己可能沒發現，但她可是都看在眼裡，只有蘇洋能讓梁酒酒產生波動。

當時蘇洋就抓住了兩個重點：一、他喜歡梁酒酒，而梁酒酒也喜歡他。二、她現在不想談戀愛。

所以他壓下了告白的念頭，打算等學測考完後再和她說。

等到大家終於從考試的苦海解脫，家家戶戶也要迎新年了，初一那天零點整，他鼓起勇氣用LINE撥了梁酒酒的電話。

「喂。」

「妳……在睡覺嗎？」

「沒有，有事嗎？」

「沒、沒什麼，就是想跟妳說……新年快樂。」

「嗯，你也是，新年快樂。」

「那個……」

「怎麼了？」

「下禮拜三那天……妳有空嗎？我有話想跟妳說。」梁酒酒的生日是二月份，剛好就是過完年後，去年宇時悅在群組裡和她說了生日快樂，他才知道那天是她生日。

蘇洋等了很久都沒聽到梁酒酒回答，就在他打算為自己找台階下時，梁酒酒的聲音才從電話那頭傳來，「好。」

和往常一樣的語氣，清冷疏離，只有簡簡單單的一個字，卻讓蘇洋開心得整晚都睡不著覺。

蘇洋是年末出生的，去年底就滿十八歲了，也順利考過機車駕照，當天晚上他載著梁酒酒到海邊去。

梁酒酒坐在堤防上，聽著海風在耳邊呼呼地吹過，底下的海浪衝上岸邊的礁石，撞擊出一朵又一朵的浪花，斜後方的視線裡突然出現了一點光亮。

「祝妳生日快樂，祝妳生日快樂，祝妳生日快樂……」

梁酒酒聞聲回頭，只見蘇洋手上捧著個不知道從哪裡來的蛋糕走到她身後，上面蠟燭的火光在風中微微顫動，卻奇蹟似地沒有熄滅。

他唱完生日快樂歌後朝梁酒酒燦笑道：「生日快樂。」

其實她早就知道蘇洋是想幫自己慶生了，今年是她十八歲的生日，從今天開始，她的人生也將步入一個新的里程碑，意義非凡。會答應他赴約，除了自己的私心之外，還有就是想看看他會搞什麼花招。

的確，就像宇時悅說的那樣，她喜歡蘇洋。

也不知道從什麼時候開始的，那麼吵又那麼幼稚的人根本不是她喜歡的類型，可是偏偏就是被他吸引。

梁酒酒的理智永遠跑在感情的前面，她分得清主次，知道什麼才是最重要的，為了能順利達到自己心中理想的目標，她會規避所有可能讓她分心的雜念，專心致志地去完成、去努力。

看到蘇洋端著蛋糕出現的那一刻，梁酒酒突然就明白，為什麼那麼多女生會喜歡他了。

她難得漾起淺淺地笑，聲音滾雜在激湧的海浪和冷冽的風中，但蘇洋還是聽見了：「謝謝。」

不過才正經不到三秒，他就一手護著蠟燭，激動道：「快點，趕緊許願，然後吹蠟燭！不然要熄滅啦！」

梁酒酒見他那模樣，悄悄罵了聲：「笨蛋。」

吹完蠟燭後，蘇洋也爬上堤防，坐到她旁邊，他們兩個一起吃著蛋糕，聽著海浪嘩嘩地拍打在遠處的沙灘上。蘇洋偏頭問：「妳剛剛許了什麼願啊？」

「你猜。」

「不說算了。」見他脾氣又倔了，梁酒酒也不在意，她問：「所以，你想和我說的話說完了嗎？」

「還沒！」

「那說吧！我聽著。」

「我……我……」蘇洋一時間沒有心理準備，我了老半天也沒說出個什麼來。

梁酒酒挑了挑眉，語氣涼涼道：「要是沒什麼要說的，那我們回去吧！天都黑了，從這裡騎車回家還要一段時間呢。」

眼看梁酒酒就要跳下堤防離開，蘇洋一鼓作氣朝她吼道：「梁酒酒，我喜歡你！做我女朋友吧！」

嘩——嘩——

海浪翻湧而起又落下，過了許久都沒聽見梁酒酒的回答，黑夜裡蘇洋根本看不清她的表情，緊張地問：「妳、妳到底答不答應啊？好歹也給我個回應吧！」

「蘇洋，我承認，我也喜歡你。但是我們馬上就要畢業了，在感情尚未穩定的狀態下，遠距離戀愛最後只會讓兩個人都受傷，那不如就停在朋友這裡就好。」

蘇洋聽見她這麼說也沉默了，其實梁酒酒說得沒錯，當朋友和當男女朋友畢竟是不一樣的，即使是高中三年都在一起的男女朋友，很多到了不同的大學後沒多久就會分手，想到這裡，他激昂了一整天的心忽然像沒了電力的馬達，濃濃的失落籠罩在心頭。

他剛想說什麼，梁酒酒卻突然道：「——如果你能考上跟我同一間大學，我就和你在一起。」

「妳說什麼？」

大概是幸福來得太突然，這畫風轉變得太快，蘇洋一時沒能反應過來。

「沒聽到就算了。」

「我聽到了我聽到了！妳大學打算考哪間？」

「你說呢？」梁酒酒挑眉。

「妳那標準也太高了！這考試都考完了妳才講，哪有這樣的！」

「做不到就拉倒，我又沒逼你。」

「誰說我做不到的？妳等著！我一定會讓妳做我的女朋友！到時候妳可不准耍賴啊！」學測萬一沒上還有暑假的指考呢，她就等著吧！

「先考上再說吧！」

兩人又在堤坊邊坐了一會兒，蘇洋才騎著機車載梁酒酒回家。

他們騎進隧道沒多久，對向車道一輛卡車不知道為什麼忽然失控，筆直地朝他們急速衝來，刺眼的車燈和刺耳的喇叭聲交錯，蘇洋急忙調轉龍頭，卻發現根本無處可躲——

叭——

吱嘰——

砰！

彷彿過了一世紀那麼久，蘇洋只感覺到全身劇痛，動都不能動，他努力地睜開雙眼，溫熱的鮮血模糊了他的視線，隱隱約約看見前方不遠處躺著一個人影。

「酒酒……」他嘶啞的嗓音像破碎的玻璃一般割裂人心，可那人卻沒有任何回應。

梁酒酒躺在地上，安全帽已經不在她的頭上，她烏黑的長髮在地上披散開來，身下的鮮紅以她為中心不斷向外流淌，在幽微的燈光下綻放出一朵紅花，寂靜而妖嬈……

鮮紅的液體順著柏油路凹凸不平、微微傾斜的角度，直直地朝蘇洋躺著的方向延伸，最後停在了他的食指前。

第六章 六月五日

江誠光帶著周思年走到一間單人病房前，他輕敲兩下後推門而進，映入眼簾竟是窗戶大開，風呼呼地灌進來，吹得窗簾不斷翻飛，除了病床、櫃子、沙發，還有擺在角落裡的輪椅還在之外，裡頭根本沒有半個人影。

江誠光心下一吭噔，打開衛浴間的門，同樣空空如也。

不對！不該是這樣的！為什麼？

他猛地衝到窗戶前往外探頭查看，確認沒有人躺倒在底下才稍稍鬆了口氣，剛好一名巡房的護士從走廊上經過，他趕緊上前拉住她問：「請問妳有看見這間病房裡的病人嗎？」

「你們是他的家屬嗎？這個病人剛剛在病房裡割腕了，現在正在急診室呢！快點去吧！」

江誠光和周思年對看一眼，趕忙跑去急診室。蘇洋的父母正坐在外頭一臉焦急，江誠光上前和他們安慰了幾句，便和周思年坐在遠一點的椅子上一起等著。

周思年再也忍不住了，「這到底是怎麼回事？蘇洋怎麼會在醫院裡？又怎麼會割腕自殺？」

面對周思年的質問，江誠光根本不知道該怎麼開口。千頭萬緒瞬間瞬間衝入他的腦海中，他終究沒忍心說得太詳細，只是簡單帶過。

「梁酒酒生日那天，蘇洋騎車帶著她出去，中途……出了車禍。」

周思年驀地一愣，訥訥問：「那酒酒呢？」

「酒酒她坐在機車後座，當時被撞飛了出去，到醫院前……就已經沒有呼吸心跳了。」

「……什麼？」

酒酒……死了？

「我不相信。她在哪個病房？我去看她。」

「小年……」江誠光伸手拉住周思年，卻被她用力甩開。

她笑著，但聲音卻是顫抖的，「我們上禮拜還一起視訊聊天了呢！蘇洋現在不是還活著嗎？酒酒只是平常性子冷一點，她那麼聰明、漂亮，還那麼善良，怎麼可能……」

江誠光緊緊抱住周思年，哽咽地道：「小年、小年！妳聽我說，妳先冷靜一點……」

梁酒酒的死亡也是江誠光沒預料到的。從謝瑀童和周思年說話，到蔡秉昇的出現、宇時風的態度，還有周思年發現他背包裡那張紙，再到現在梁酒酒車禍喪命、蘇洋自殺，他不知道他們為什麼都發生了變化，所以才會這麼措手不及。

他只能安慰自己，沒關係，這一切都是假象而已。

周思年低聲呢喃：「為什麼？為什麼？……」

明明只是放了個寒假，過了個年，回來後，他們五人卻已經這樣分離崩裂。

先是宇時悅離開，再來是梁酒酒死亡、蘇洋割腕，他們全是她身邊最好的朋友，周思年不敢去想，那下一個呢？是不是就換成江誠光了？

這裡不是一個以她為中心所創造的「理想世界」嗎？那這樣一次又一次、一個又一個地失去又算什麼？

江誠光把周思年的頭按在自己的胸膛，聲音清雋溫柔地落在她的心上，像白色的羽翼輕輕將她包裹起來，「難過就哭吧！哭過就好了。」

不論發生什麼，他都會在她身邊，不會離開。

蘇洋的手術很成功，但一時半會兒還沒醒，他的父母都陪在他身邊，江誠光考慮到周思年的心情也還沒平復，兩人決定先回去，打算過幾天再來看望他。

週末的時候，江誠光和周思年一起去了梁酒酒家，看到靈堂上梁酒酒的遺照，周思年只覺得心像是被誰死死地擰在一起那樣難受。直到現在她才真的意識到，梁酒酒已經不在了——永遠不會再回來了。

周思年已經不會哭了，只是心裡空落落的，江誠光知道這時候說什麼安慰的話都沒用，只是牽著她的手，靜靜地陪在她身旁。

班導在大考成績放榜後才公布梁酒酒的死訊，不過省略了事故過程，也沒有提到蘇洋的名字，只有校方、警方、周思年、江誠光，以及蘇洋還有梁酒酒雙方的父母知道真正原因。全班一片沉默，即使不是每個人都和梁酒酒很熟，但大家畢竟同學一場，身邊的人突然離開，任誰都需要時間緩緩。

窗外的枝椏已經染上早春的氣息，嫩綠的新葉開始綻放，天氣也逐漸回暖，但教室裡的氣氛卻瀰漫著一股淡淡的悲傷，像是有塊大石沉甸甸地壓在心頭，讓人覺得每一次呼吸都需要很用力、很用力，才能吸到足夠的氧氣。

梁酒酒已經安葬，周思年和江誠光再次去醫院看蘇洋，這次他好好地坐在病床上，頭上和掩蓋在病服下的手腕都還纏著白色的繃帶，臉上的傷痕有一些已經結痂。

蘇洋側頭凝望著窗外，不知道在想些什麼，連周思年和江誠光走進來都沒有察覺。

「蘇洋。」江誠光喊了聲，他才回過頭來。

「你們來啦。」

周思年把手上提著的水果籃放到病床旁的小櫃子上，「身體覺得怎麼樣？」

「挺好的。」

只是這樣簡單的對話，周思年卻很明顯地感覺到，蘇洋變了。

以前他總是很多話，即使宇時悅走後，他們四人湊在一起，蘇洋的存在也總是熾熱而張揚的，很難讓人忽略，但現在他不僅話少，人也變得沉悶，眼睛裡的那道光芒不見了，取而代之的，是灰濛濛的色彩，似厚重的烏雲一般，讓人捉摸不透。

一時間竟誰也沒說話。

良久，蘇洋淡淡道：「你們回去吧！以後……不要再來看我了。」

周思年不知道要怎麼安慰他，組織了好久的語言，最後也只說了這一句話：「蘇洋，你別這樣，這件事不是你的錯，那只是個意外。」

「呵，只是意外？」

這句話卻像是一個開關，蘇洋積蓄已久的情緒猛然爆發，他大力地捶著自己的胸膛朝他們吼：「可是如果不是我約酒酒出去，她就不會死了！」他閉上雙眼，眼淚從眼角無聲流下，聲音抖得像篩子一樣，「那天是她的生日啊！她十八歲的生日啊！」

是，從醒來到現在，每一個人，他的爸爸媽媽、梁酒酒的父母、主治醫生，甚至是做筆錄的警察都和他說「這不是你的錯」，可是他們越是這樣他就越難受。錯了就是錯了，就算他不是兇手，卻無法否認，是他間接促成了這場悲劇，而梁酒酒更為此付出了生命。

如果不是他在梁酒酒生日那天約她出去，他們現在應該在學校歡喜地迎接大考成績，想像著他們未來大學的生活，以及他們褪去年少的那層殼，蛻變成大人後的模樣。

事故的原因警方已經調查清楚了，蘇洋有機車駕照，當天並沒有超速，也沒有其他違規，而卡車司機經過化驗確認體內有超過標準值的酒精含量，加上他一邊開車一邊講電話，一時間恍神才會朝對向車道的他們撞了過去。當時是在隧道中，並沒有紅綠燈，從現場地板上的輪胎痕跡來看，可以想見當時卡車的車速極快，加上隧道寬度有限，即使蘇洋已經緊急煞車，但依舊沒能閃躲。

直到現在，蘇洋每天晚上只要一閉眼，夢裡就全是梁酒酒那天躺在地上滿身是血的畫面。他害怕、恐懼，卻又不願清醒，因為那是她最後存在的證明。

「那天我和酒酒告白了，你們知道她和我說了什麼嗎？——她說她也喜歡我，還說只要我能考上和她同一所學校，就和我在一起。」

「蘇洋，我承認，我也喜歡你。」
「——如果你能考上跟我同一間的大學，我就和你在一起。」
梁酒酒，是妳說的，只要我和妳考上同一間大學，妳就答應和我在一起。可是我們都還沒在一起啊！妳怎麼就丟下我一個人先走了呢？
「所以你就割腕自殺是嗎？」江誠光問。
蘇洋雙手摀住自己的臉答非所問：「是我毀了她，如果時間可以重來，我寧願死的是我。」
事到如今，木已成舟，自從梁酒酒離開後，每一天看著日升日落，對他來說都是一種折磨。這些日子蘇洋一個人在病房裡，夜深人靜時他總是會不自覺地想：要是當時他也死了，是不是就解脫了？沒有這些愧疚，也不用這麼自責。
雖然梁酒酒的父母不怪他，但是失去女兒的痛，又豈是一句不怪罪就沒事了？
蘇洋知道這一輩子他都無法忘記那天發生的事情，梁酒酒會永遠刻在他的心上，時時刻刻提醒著他——那是他最愛的女孩，而他卻親手害死了她。
「你以為死了就解脫了嗎？」江誠光的話直戳蘇洋的心臟，聲音不似以往地溫和，彷彿夾雜著冰刀那般銳利逼人。
「自殺的人，是上不了天堂也下不了地獄的。」
蘇洋嗤笑一聲，漫不經心地道：「你又沒死過，怎麼知道呢？」

「……」這次換江誠光沉默了。

周思年側頭凝視著他，不知道為什麼，聽到江誠光這樣說，她忽然就想到那本神祕的黑皮書還有自己。

自殺的人，是上不了天堂也下不了地獄的。

要不是確定這是個以她為中心所創造的世界，她才是那個自殺的人，周思年都要忍不住懷疑，江誠光是不是和她有一樣的遭遇？

不過下一秒她就推翻了這個猜想。這怎麼可能呢？估計只是巧合罷了，這個世界上本來就有很多人相信天堂和地獄的存在的。

蘇洋低下頭無聲苦笑，「人都死了，去天堂還是地獄，又有什麼差別呢？」

他是無神論者，沒有宗教信仰，自然也不相信什麼神啊、主啊的，但這是第一次，他竟然如此想相信神的存在，相信人死後便會進入輪迴轉世。

這輩子欠她的，下輩子他來還。

周思年很想鼓勵蘇洋，但她卻發現自己根本無法反駁他的話，雖然她至今還想不起來自己到底為什麼自殺？又是怎麼死的？但周思年就是有種莫名的感覺：自殺前一刻的她，應該也是這麼想的吧！

反正都要死了，去哪都已經不重要了。

而事實上自殺後的自己，確實不是在天堂也不是在地獄，而是在這樣一個灰色的夾縫之中。
如果蘇洋自殺成功，是不是也會和她一樣，到一個以他為中心所創建的理想世界呢？
如果是的話，在那裡，梁酒酒一定會好好地活著吧！

臨走之前，江誠光突然喚了他一聲：「蘇洋。」
他牽著周思年的手，沒有回頭，周思年感覺到交握的地方傳來他微涼的溫度，和他現在的聲音差不多，似寧靜湖面上倒映的月光，清清冷冷，浸了寒霜。
「如果時間重來，梁酒酒還是會希望死的人是她，所以蘇洋，你要好好活著——因為她把命都給你了。」
這句話像一記重捶，重重地敲在蘇洋的心上。
因為她把命都給你了。
所以他必須連同她的份，一起活下去。
「能為喜歡的人死去，也是一種幸福吧！」
話雖如此，但只有江誠光自己知道，他是自私的。他要他們彼此都好好活著，就算這一切都是假的也無所謂。
既然已經沒有「真的」了，那麼只要假得久了，自然而然就變成真的了。

＊

周思年躺在床上，腦海卻一直浮現今天江誠光在蘇洋病房門前時說話的模樣。他深情堅定的眼神中似乎藏著什麼祕密，有種她讀不懂的悲傷。那一刻的他究竟在想什麼呢？

她煩躁地撓撓頭從床上坐起，想下樓去冰箱找點喝的提提神，結果腳才剛落地，後腳跟便撞到某樣東西，忍不住倒抽一口氣。

「嘶……」痛死了。

她一邊在心裡問候了一遍祖宗十八代，一邊彎腰查看——是那本黑皮書？

周思年把黑皮書拿上來攤在床上，這本書並不是天天都會出現新的內容，而且時間也不固定，全憑它的喜好，簡直比皇帝還難伺候。後來接近考試時間，每天都埋在書堆裡，接著又出了梁酒酒和蘇洋的事，她也就忘記它的存在了。

她剛翻到下一張空白頁，上面裡竟慢慢地浮現新的字跡——**破壞者**。

內容不多，大概意思是：若是「非創造者」閱讀了這本書，知道了這世界的規則與真相，有可能會產生反抗心理，繼而生出異端，影響「創造者」的理想世界。為了避免這樣的危機發生，世界將會自動剷除「破壞者」，以此來維護灰色世界的平衡與運作。

周思年讀完後深刻意識到這件事的嚴重性，再把書藏回床底下顯然是不明智的選擇，萬一媽媽哪天幫她打掃房間看到拿出來翻閱那就糟了！

她思來想去，最後決定就放在書包裡，天天帶在身上。反正已經考完試了，學校老師不會再上新的內容，所以書包很輕，而且在學校裡一般人也不會隨便翻別人的私人物品。俗話說得好：最危險的地方，就是最安全的地方。

「思年！」門外響起媽媽的聲音，「下來吃水果。」
「來了！」周思年闔上黑皮書塞進書包，確定收好後才下樓。
這陣子除了打算繼續參加暑假指考的同學每天都在寫練習題之外，其他人正忙著準備大學的面試資料，有些用其他方式入學的同學已經放榜解脫，開始大玩特玩了，學校外面掛著的紅布條隨風飛揚，就像他們振翅欲飛的心情一樣。
宇時悅也得知了梁酒酒的死訊，她瞞著父母和夏然偷偷回來見梁酒酒最後一面，但時間匆忙，來不及見周思年和江誠光就飛回去了。原本熱鬧的群組變得冷冷清清，後來周思年聽江誠光說才知道，宇時悅去醫院見過蘇洋。
大概也是說一些勸蘇洋的話吧！周思年和江誠光之後又去看了他幾次，但那場事故讓蘇洋的精神受到很大的創傷，雖然沒有再出現自殺的行為，卻變得沉默寡言，一蹶不振。
周思年有時候回想起來，江誠光當時說那句「她把命都給你了。」其實風險挺大的。
那確實是可以支撐蘇洋繼續努力活下去的力量，卻也可能一不小心變成壓死他的最後一根稻草。
背負另一個人的命活著，那種責任不是所有人都能承受的。
梁酒酒放榜的成績很好，蘇洋更是超常發揮，如果沒有那場意外，他們應該能如願報上同一所學校，變成男女朋友。
可惜世道無常，命運總是愛開人玩笑，再理想的世界也無法抵抗死亡。
「小年，妳想報什麼學校和科系？」下課時間，江誠光坐到周思年前面問。

周思年滑著手機看各校的招生簡章，猶豫不決，「有幾個在考慮，還沒想好是要選校還是選系，你呢？」

「沒意外的話，應該是法律系。」

江誠光的成績考得比周思年好，而且他的邏輯清晰、思維縝密，不管是之前的謝瑪童命案，還是在其他事情上，他總是他們所有人裡面頭腦最冷靜，也最從容不迫的，好像不管再困難、再複雜的事情到他手上，都能有條不紊地分析，一層一層地抽絲剝繭然後解決。

「挺適合你的。你以後想當什麼？律師嗎？」

江誠光搖搖頭，說：「我想當檢察官。」

周思年想像了一下江誠光之後在法庭上的模樣……唉，果然腦袋聰明就是好呀。

「那妳想做什麼？」

「……」其實周思年一直沒有認真思考過這個問題。以前她總覺得自己跟這個世界格格不入，好像對什麼都沒有特別的興趣，甚至都不記得當時自己填的是什麼科系，因為去哪好像都無所謂。不過既然重活了一次，她覺得這個就得好好考慮了。

她反問他：「你想去什麼學校？」

江誠光列數了幾間，但周思年越聽越覺得不太對勁，「等等，我記得你的成績應該可以上更好的學校吧！」雖然不到能去第一志願的程度，但排名前五的大學他還是有很大機會的。

「因為我想跟妳一起上同一間大學。」

江誠光突如其來的話讓周思年一瞬間有些招架不住。她抬眸朝江誠光看去，他把頭轉向窗戶那邊沒有看她，忽然，她甜甜地笑了。

江誠光微紅的耳根洩漏了他的情緒。

原來他也是會害羞的呀！周思年的心頓時像被填滿了一樣，喜悅爬上眼角眉梢，藏都藏不了。

不過她依然沒有忘記這件事的重要，雖然她心裡很開心江誠光為了她願意高分低就，但是誰都無法保證他們會在一起一輩子，她怕他以後會後悔。

「可是萬一……」

「沒有可是，也沒有萬一。」江誠光轉過頭來迎上她的雙眸，眼底似有星光閃爍，語氣溫柔：「我們會一直在一起，永遠不分開。」

周思年只以為他說的是情話，並沒有聽出其中的弦外之音。

只要是人，就都會經歷生老病死，怎麼可能永遠在一起呢？

晚上兩人一起去看了電影，明明是一部偵探片，偏偏導演在案件發生時的拍攝運鏡加上音效令人毛骨悚然，硬是拍出了恐怖片的效果，周思年萬萬沒想到會這麼可怕，早知道她就不選這片了。

江誠光瞥見一旁的女孩捧著可樂，整張臉都要縮到外套裡了，無奈地笑了。他伸出手擋住她的雙眼，傾身附到她耳邊道：「害怕就別看了，過了我再告訴妳。」

周思年眼前頓時化作一片漆黑。

當人失去視覺，其他感官就會變得異常敏銳，江誠光的氣息噴薄在她的耳畔，連帶著他的聲音也在黑暗的空間裡被無限放大，耳邊酥酥麻麻，像有隻手悄悄地在她的心上撓抓。

她的臉頰微微發燙，感覺身體裡的血液流動變得緩慢，電影的聲音好似離她很遠。好在電影播放時燈光昏暗，江誠光沒有發現。

周思年不知道的是，她眨眼時睫毛就像蝴蝶在拍動翅膀，在江誠光的掌心上若有若無地掃，最後他也被她弄得沒辦法專心在電影上了。

感覺時間過得有點久了，周思年壓低音量問：「那個……畫面過了嗎？」

「……小年。」

「嗯？」周思年反射性地朝一旁望去，雙唇立刻附上一層濕軟，她還來不及驚呼便被攻城掠地。

江誠光抬手撫上她的臉龐，在兩唇相接的剎那他就知道，自己停止不了了。

他放肆地在柔軟的唇上啃咬，靈巧的舌肆意地侵占她口腔裡的每個角落，汲取她口中的甘甜，留下專屬於他的味道。

之前他不是沒有吻過周思年，只是從來都是溫柔的，像蜻蜓點水一樣，這還是他第一次吻得那麼有侵略性，似荒漠的旅人驚見綠洲甘泉，拚命抓住那一線生機。

他的唇上還殘留著冰涼的可樂，滾燙的舌尖掃過貝齒，周思年渾身像是過電一般顫慄，什麼都無法思考，感覺自己就如同一葉扁舟，沒有船槳，在水中央被湧動的水波揚起又落下。

如果不是周思年抓了個空檔輕輕地咬了他一下，她毫不懷疑自己會被江誠光吻到窒息。

後來電影到底演了什麼，周思年根本沒看進去，因為江誠光吻完她之後便牽起她的手，再也沒放開過。

這幾週是各大學的推甄面試時間，周思年除了跟江誠光填了同一所學校，也挑了幾間備選的。按照分數落點，她選了最有把握的中文系。

*

今日窗外的鳥鳴特別響亮，她從小說中抬首，環顧了教室一圈，還有同學要備考，所以教室裡很安靜，偶爾還能聽見筆尖在紙上沙沙作響的聲音，周思年忽然想起之前他們五個人都還在時的畫面。

一起去吃冰彷彿還只是昨天的事而已，等到回過神才發現，只剩下她和江誠光了。

周思年跟江誠光因為選的是不同科系，面試時間自然也不同，今天剛好換成江誠光請假去面試，周思年本來就是個比較內向的人，之前都是和他們一起活動出入，現在整間教室裡忽然只剩下她一個，心中不由得有些傷感。

教室裡的座位分成前後兩區，前面為自習區，後面是搖滾區，只要不影響前面仍要準備考試的同學，老師基本上已經不管了，所以搖滾區的座位也是讓大家自己挑。

周思年喜歡角落靠窗的座位，班上的人都知道江誠光和她是一對，所以也沒去搶她隔壁的位置，自然而然江誠光就成了她的鄰座同學。

這還是第一次他們兩人的座位相鄰，因為江誠光的身高在班上的男生中算高的，避免擋到其他同學，通常都是坐在後面兩排，周思年則在中間靠前的位置，一來視野佳，二來也能專心上課。

前排有位同學起身要去洗手間，他的身材比較壯碩，經過江誠光的座位時不小心撞到了他的桌子，發出不小的聲響，也把陷入自己思緒的周思年嚇得魂魄歸位。

「抱歉抱歉……」那位同學把桌子扶正後才離開。

周思年眼角餘光恰好瞥見江誠光的椅子上躺著一本原來沒有的筆記本，應該是剛剛從抽屜裡被撞出來的。

她好奇地拿過來看看，紙的觸感摸起來很特別，而且還有種若有似無的香味，她總覺得在哪裡聞過，但一時間又想不起來。

裡面挺乾淨的，沒寫什麼內容，周思年以為是江誠光新買的筆記本，翻著翻著卻猛然停下，視線駐足在了中間唯一有文字的那頁上。

這些……都是什麼？

上面寫了好幾個不同的日期，按照時間先後由上而下排序，後面都畫上箭頭標記不同的文字，有謝瑀童命案、宇時悅和夏然的師生戀、酒酒和蘇洋出車禍，倒數第三行的日期後只寫了一個字：我。接著下一行寫了一個「年」字，日期的位置卻空白。

那個「年」……是指她嗎？

江誠光為什麼要記錄這些？

那些已經發生的知道時間並不奇怪，可是按照排序位置來看，寫「我」和「年」的兩個位置明顯都是未來式，江誠光又是怎麼知道和肯定那時候會有事情發生呢？

周思年往下看去，最後一行日期是二〇二〇年的六月五號，箭頭後方寫著四個字：「畢業典禮」。

為什麼他要特別寫畢業典禮那天呢？

還有一個讓周思年覺得奇怪的地方，那些已經發生過的事情，原本的時間標記都被紅筆劃掉，寫了新的日期上去，而且新的日期都比原本的時間來得早。

周思年覺得自己驟然掉入了一個冰窟，周身冰冷，一個可怕的想法逐漸在她的腦海裡成形——幾乎是在這個答案浮現地瞬間，她就明白了。

在謝瑀童命案時，江誠光可以冷靜客觀地分析案情，而且最後的真相與他的推論幾乎分毫不差；宇時悅和夏然的戀情被曝光，大家都分別說了自己發現的時間，他說的答案在當時聽起來合情合理，但現在仔細想想，也不過就是順著大家的回答說而已；蘇洋和梁酒酒出車禍，宇時悅在國外不曉得，她也根本不知道，但他卻比誰都清楚。

將這些零碎的點都串連起來，都再再導向了那個唯一的結論：江誠光知道這個世界的祕密。

那他是什麼時候知道的？難道……他看過那本黑皮書嗎？

周思年忽然想起，江誠光第一次帶她去醫院看蘇洋，進到病房內發現裡面空空如也時一臉緊張，看起來並不像是裝的。如果他早就知道這一切，又為什麼會是這個反應呢？

當時的他是真的什麼都不知道？還是那些都只是他在演戲？

在她的理想世界裡，江誠光除了是她的男朋友外，到底還扮演著什麼樣的角色？他的真實身分又是什麼？

＊

江誠光面試完回來後就敏銳地察覺到周思年的不對勁。和她說話時她常常會走神，有時候不經意抬頭，還會撞見她盯著自己出神，問她怎麼了卻又說沒事。

這節是體育課，上課鐘已經打完，班上的同學都到操場去了，周思年去洗手間還沒回來，江誠光獨自一人在教室等她。

半晌，手機震動了下，是周思年傳來的。

周思年：……我那個來，衛生棉在書包的夾層裡，你能幫我拿過來嗎？

江誠光：好。

江誠光拉開周思年書包的拉鍊，目光忽然被裡面的另一樣東西吸引住，他把那本厚重的書拿出來一看，渾身倏地一僵。

他的專注力都在黑皮書上，沒發現教室外正站著一個人，將他所有的反應盡收眼底。

「誠光。」

轟隆——

驚雷伴隨著那聲叫喚，直直劈進江誠光的心。

梅雨季時天公的心情總是令人捉摸不定，剛剛還晴朗無雲的天空頓時風雲變色，一顆顆雨點打落在外面的樹葉和窗戶上，濺起無數水花，不過片刻，已是滂沱大雨。

江誠光回過頭，只見周思年站在門邊，窗外的天色不知道何時已變得昏暗，閃電的白光映在她一半的臉上，和另一半的陰翳形成強烈對比，讓人看不清她的表情。

雨水又濕又悶的味道沉甸甸地壓在彼此的心頭，一時間，江誠光竟發現自己無話可說。

「你全部都知道。」不是疑問句，是肯定句。

江誠光張了張口，卻連她的名字都喊不出來。

周思年走到距離他五步遠的地方停下，「如果不是我今天發現，你還想要瞞我多久？」

她的話明明是質問，但那眼神卻更像是一種無聲地控訴，江誠光只覺得胸口像是被人揍了一拳般地疼。

如果可以，他永遠都不會讓她知道。

但在看見她書包裡那本黑皮書的時候，江誠光就知道——不可能了。

沒有任何的世界存在著永遠，即使在這裡可以，在他打破平衡的那一刻起，這種「永遠」也就跟著一併消失了。

「你難道就不打算解釋一下嗎？」

「我……」

「我看過你的那本筆記本了，為什麼你會對之前發生的那些事都瞭若指掌？你其實早就知道謝瑀童是自殺的對嗎？還有時悅跟夏老師兩個人互相喜歡、酒酒和蘇洋會出車禍，這些……你一開始就都知道了，是嗎？」

轟隆——

江誠光閉上雙眼，外頭嘩啦啦的雨聲充斥著整間教室，但這一刻，在這嘈雜的世界中，他卻異常平靜。

良久，他終於開口：「是，這些事情在還沒發生之前，我就都已經知道了。」

轟隆——

又是一道巨雷從厚重的烏雲中直劈而下，閃電的光猛地將教室照亮又暗下。

「你到底……」

「小年，妳還不明白嗎？」江誠光無聲地笑了。在晦暗不明的光線中，周思年瞥見了他眼角閃爍的水光。

哪怕是知道酒酒死了的那一刻她情緒崩潰，他也跟著紅了眼眶，卻還是堅強地做她的後盾，就像星夜裡平靜的湖波上映照的那抹清冷月光，靜謐高掛，永遠給人一股安定的力量，只要你抬頭，他一定都在。

周思年從來沒有看過江誠光像現在這樣，笑容裡藏著一種深深的無奈，那種苦澀似在她舌尖化開，彷彿此刻窗外的雨，滴滴答答，落在他們彼此的心上，夾雜著某種無力和悲涼。

最後，她聽見他輕聲說：「我們是一樣的。」

「小年，妳還不明白嗎？」

「我們是一樣的。」

驀地，血管像被誰攥住，血流無法流暢淌過，紅潤的肌膚變得蒼白，一個荒唐的想法在周思年的腦海閃現——「不可能！」

江誠光在說什麼！？這怎麼可能！？

「為什麼不可能？妳有想過有一天妳會在這裡重新來過嗎？」

「……」周思年沒有回答，但心裡早已有了答案。

是的，她的確從沒想過自己還有再活一次的機會，但漸漸地，隨著時間前進，這裡的感受都如此真實，她會笑、會哭、會心動、會流淚，有時候她甚至都懷疑，會不會其實她死亡的這件事才是夢？她一直都活得好好的，直到她看見那本黑皮書，她才不得不承認——她真的已經死了。

而她也確實在這裡又重生了。

但周思年怎麼也無法相信，像江誠光這麼優秀的人，竟然也和她一樣，最後走到了那一步。

「小年，我也已經死了，就和妳一樣，是自殺的。」

猜測是一回事，但這一刻親耳聽見他承認，又是另一回事。

江誠光眸光幽深，聲音不似以往的清冷寡淡，像是穿過層層雲霧般縹緲虛幻，但那一字一句擲地有聲，卻又那麼地真實。

「就在二〇二〇年六月五日。」

周思年的瞳孔猛地一縮，她永遠不可能忘記那一天——那是他們的畢業典禮。

也是她自殺的日子。

江誠光從頭到尾都很平靜，似乎這件事對他來說已經沒什麼大不了的了，但周思年知道，這怎麼可能呢？

比起自己的死亡，江誠光的死更讓她難以接受。他越是雲淡風輕，她就越是心疼，感覺連心臟的每一下跳動，每一次呼吸都是痛的。

他是這麼溫柔的人啊！

世界該多麼殘忍，才會讓他這樣的人，選擇以那樣的方式，結束自己的人生？

第七章　我記得妳

夏日的天，孩子的臉，陰晴不定，說變就變。原本還晴空萬里，不過眨眼就烏雲密布，空氣變得潮濕，連帶著讓人心情也壓抑起來。

要下雨了。

江誠光把腳踏車停在騎樓後便進了家門，這個家一如既往空空如也，沒看見母親的身影，他已經習慣了。把書包放到沙發上，他到廚房打開冰箱，拿出食材開始備料，準備做飯。

江誠光的父親江放原本是做生意的，後來因為資金周轉不靈導致生意失敗。江母李晴臻是家庭主婦，江誠光還在上學，一家都得靠他養活，但四處應徵工作總是屢屢碰壁，不是他不會，就是人家嫌他年紀大，最後好不容易找到了個大樓保安，但薪資只夠勉強應付生活，要繳生意欠下的債務仍有困難，所以休假時又兼職去工地搬磚。

兩年前一次工地鋼架倒塌，江放和另一名工人當場身亡，承包商堅持是意外，只給了一點錢補償就想了事。江誠光當時還只是個國中生，他直覺這件事絕對不是單純的意外，承包商的疏失、工地安全的疑慮，而且直到事情發生後他才知道，他們根本就沒有給工人們保保險，後來經過警方調查，原本案情有了一點眉目，似乎就要瞥見曙光，最後卻急轉直下，以意外結案，建商只停工了一個月便不了了之。

江誠光那時才真正明白，原來大人的世界並不是想像中的自由美好。

他彷彿站在金色的海灘上，眺望著前方波光粼粼的大海，湛藍的、澄澈的，偶爾浪花翻湧拍打他的腳踝，看起來風平浪靜，但底下那些一眼無法望透，陽光也照不進的地方，卻深藏著一個又一個暗流漩渦。

明知道那是他們上頭有人欲意包庇，他卻沒有能力推翻這個結果。就是因為這件事，江誠光才會立志要考法律系。

這個世界太過黑暗，有些水太深，官官相護，環環相扣，普通老百姓即使有委屈，最後也只能啞巴吃黃蓮，所以他想用自己的能力為那些弱者們發聲，盡自己所能地幫助他們，不要再讓他們家這種遺憾的事發生，也盼將來總有一天能幫自己的父親翻案。

可那一天，看似尋常普通的日子，就像每一個夜晚一樣，卻徹底打碎了他的夢。

江放為這個家放下身段去工作，李晴臻既心疼又感動，她也曾試圖去找過工作，但都不怎麼順利，那些需要付出勞力的辛苦她根本沒辦法適應，後來經過朋友介紹去了賭場。

剛開始自然贏了不少，信心也跟著大增，但她根本就不懂這些彎彎繞繞，漸漸地越輸越多。李晴臻不敢和家裡人說，賭場那邊遲遲收不到錢，知道她欠債還不出來，便故意做局讓她接觸毒品，染上毒癮，從此供他們驅使。

江誠光某次打掃家裡時，從李晴臻的衣櫃裡發現了一包白色粉末，他拿去問李晴臻，卻被她一舉搶過，臉頰上的熱燙也不知是生氣還是羞愧，當時江誠光的心瞬間就涼了。

之前母親的種種詭異行為及身體異樣他都可以安慰自己那些只是猜測而已，但此時此刻，李晴臻的反應無疑是當頭給了他一記重捶。

「媽！那是毒品！妳怎麼可以碰！」

那個往日裡和藹可親的母親，不知何時似乎早已隨著父親一起離去，現在的她時常陰晴不定，脾氣暴躁。

李晴臻紅著眼眶道：「誠光，媽媽也不想啊！你還在上學，處處都要用錢，媽媽也是沒辦法呀！」她直到最後也沒告訴江誠光自己會接觸毒品是被陷害的。

因為嘗到甜頭後，她自己也身陷其中無法自拔了。

那時的江誠光才知道，原來，原來家裡的那些錢都是這樣來的。

李晴臻在他面前跪下，拉著他的手求他，「誠光，媽媽求求你了，就當作不知道好不好？你忍心看媽媽去坐牢嗎？」

江誠光痛苦地閉上雙眼，無言以對。他的夢想是考上法律系，成為一個法律人，可自己的母親卻在吸毒，甚至還販毒，多麼諷刺啊！但他根本就不可能親自舉報李晴臻，他做不到，因為再怎麼說，那都是他的媽媽啊！

最後江誠光選擇視而不見。替李晴臻隱瞞一天，他的心就天人交戰一天，理智和情感無時無刻不在拉扯，後來李晴臻的毒癮越來越大，精神狀況和脾氣也越來越差，常常整天不見人影，很晚才回來，而且開口就是找他要錢。

每次這個時候，元寶就會出來擋在他面前。牠是小時候江誠光在路上撿回來的拉不拉多犬，當時外頭淅瀝淅瀝下著雨，牠被人扔在紙箱裡，小小一隻，嗚嚶嗚嚶地叫著，一雙眼濕漉漉地望著他，於是江誠光便把牠接回家。

明明這種狗的性格是很溫和的，但感受到主人可能有危險，牠也會露出凶狠的一面保護他。

元寶不見的那天，外面也是這樣下著大雨。江誠光從學校回來，卻沒看到平常待在家門口迎接他的元寶，他冒著雨出門四處尋找，直到全身溼透才沮喪地回家，進門的時候發現家裡的燈是亮著的。

廚房裡那抹熟悉的背影，正專心地站在瓦斯爐前翻攪著鍋子裡的東西。

「媽。」江誠光有點恍惚。

有多久了？這樣的畫面曾經是他每天回家都看得到的，可自從爸爸走後，這個家也跟著變了。變得灰暗、變得破碎，那些歡聲笑語就像家中天花板上的那盞燈，微弱的光線忽明忽滅，搖搖欲墜。

江誠光的眼眶驀地一熱，要是爸爸也在就好了。

那一瞬間，他是真的想他了。

李晴臻轉過頭，面上是久違的笑容，親切溫婉，就像以前江放還在時，江誠光回到家見到的模樣一樣，連聲音都如記憶中的那樣溫柔：「你回來啦。」

這不是夢吧？

「還傻愣著幹什麼呀！快去洗手準備吃飯了啊！」

江誠光回過神，趕緊應聲，「好。」

他洗完手後坐到餐桌前，看著桌上簡單的三樣菜有些發愣。都快忘了媽媽做的菜是什麼味道了。

江誠光添了一碗飯，狼吞虎嚥地吃著，李晴臻笑道：「吃慢點啊！又沒人跟你搶。」她把湯端上桌，江誠光吃完飯後立刻舀了一碗，湯勺輕輕一攪，湯汁濃郁、香味撲鼻，令人食指大動。他撈幾塊湯裡的肉，邊嚼邊問：「媽，這是什麼肉啊？」

「噢，我看你最近這麼辛苦，平日在學校上課，週末還要去你姑姑家給表妹當家教，就想給你煮點營養的補身體，但你也知道，媽沒什麼錢，這不之前聽人家說狗肉營養價值很高嗎？」李晴臻說到這兒還拍了一下手，雙眼晶亮亮的，「我就想，那不正好嗎？我們家就有一隻現成的啊！所以我……」

鏗噹——李晴臻的話還沒說完，江誠光的筷子便掉到了地上。

「嘔……」

突如其來的聲響將李晴臻的話打斷，江誠光頓時覺得胃裡一陣翻攪，顧不上說話就跑到浴室裡吐了起來。

李晴臻嚐了一口湯，不明所以地呢喃：「味道不挺好的嗎？……」

江誠光踉蹌地從浴室出來，眼眶深深地紅了一圈，李晴臻以為是因為吐的關係，還關心地問他：「誠光啊！你沒事吧？」

「媽……妳……殺了……」看著桌上那鍋湯，他連元寶的名字都說不出口。

李晴臻這下總算明白他為什麼是這個反應了，她面色如常道：「唉，放心吧！雖然每次我回來牠就凶我，但畢竟你也養了那麼久，我知道你一定捨不得牠太痛苦，所以我是先把牠敲暈了才宰的。」不然牠要是突然叫起來或想攻擊她，她哪壓得住啊！左鄰右舍還不來圍觀。

李晴臻給他重新舀一碗湯，一邊還不忘勸慰他：「人家還有人喝蛇湯、青蛙湯呢！你也別想那麼多，這肉嘛，煮熟之後吃起來味道都差不多的，反正都剁成一塊塊的了也看不出來，沒什麼好怕的。」

「媽！」

江誠光雙手抱頭大吼一聲，直接打斷李晴臻的話。他用一種難以置信的眼神望著她，雙唇顫抖，卻一個字也說不出來。

誰來告訴他，現在在他面前的女人到底是誰？

回來的時候江誠光因為太感動而陷在回憶裡面，這時認真看才驚覺，眼前的女人瘦骨如柴、面色蠟黃、眼窩凹陷，以前柔順漆黑的長髮變得粗糙不堪，她的眼眸看起來炯炯有神，但仔細一瞧卻發現眼瞳渙散，帶著一種病態的亢奮。

這……還是他的媽媽嗎？

見李晴臻還吃得津津有味，江誠光驀地衝上前，一手打掉她的碗，陶瓷匡啷一聲，在地上碎成了一片片不規則的形狀，裡面的湯也撒了一地，旁邊還掉了幾塊肉。

李晴臻眨了幾下眼才反應過來，氣得怒喊：「你做什麼呀！」

這句話像是現實給了江誠光一個熱辣辣的耳光。

事到如今，江誠光心裡更多的是深深的自責，是他包庇又縱容母親的行為，才會讓她變成現在這樣。

「媽，妳聽話，我陪妳一起治療，好嗎？我答應妳，我絕對不會不要妳的。」語末他從口袋裡拿出手機就要撥電話，卻被李晴臻一聲喝斥阻止。

不知何時，她竟跑到後方拿了把菜刀架在自己的脖子上，雙眸既無辜又恐懼，連聲音都是那麼地楚楚可憐：「誠光，你是要報警嗎？你要讓警察來抓媽媽嗎？」

「媽，妳先把刀放下。」

「誠光，媽媽只是怕你營養不良，我也是為你好啊！你不要報警好不好？」她舉起另一隻手，三根手指併攏指天，急聲解釋：「你要是不喜歡，媽媽發誓，下一次再也不會了！」

「媽……」江誠光知道這一次說什麼都絕對不能再心軟，她的精神明顯已經出了很大的問題了，這次是殺狗，下一次呢？

他試圖靠近，但李晴臻立馬警覺地後退，握著刀子的手更緊了，「你別過來，你先答應媽媽，你答應我不報警，你不報警，我就把刀放下。」

兩人就這麼僵持著，最後江誠光只得先妥協。他利用視線死角，手指快速地在手機屏幕上撥了號，然後把手機倒扣放在旁邊的桌上，兩手一攤道：「好，媽，妳看，我把手機放下了，妳也把刀放下好嗎？」

「你真的不報警了？」

「嗯，真的，我說到做到。妳聽話，先把刀放下好嗎？妳這樣會傷到自己的。」

「媽媽就知道，你還是愛媽媽的對不對？你還是捨不得我的對不對？誠光，媽媽真的不想坐牢……」李晴臻的情緒比較鎮定後，眼眶也漸漸濕潤。

「媽，我答應妳不報警，但妳把妳手上的那些毒品都給我，不能再吸了，我不上大學了，我去工作賺錢養妳……」

「不行！」聽到要交出毒品，李晴臻又被觸到那條敏感的神經，她拚命搖頭，剛才本來要放下的刀子又重新緊緊攢在手裡。

她的眼神慌張沒有焦距，說話也語無倫次，「誠光，你這麼聰明，這麼優秀，你要去上大學！必須去上大學！學費媽媽會解決的……我有錢、我有錢……我不能沒有那些，不行的……沒有它們我沒辦法活的，那太痛苦了，就像是有上千萬隻蟲子在身上啃你的肉……不可以，我不能給你……」

江誠光深怕她一個閃神就把自己給傷了，只能先順著她的話說：「好，媽，妳留著，妳留著，我不拿了，妳先把刀給我好嗎？」

李晴臻猶豫了半晌，最後點點頭走向江誠光，就在這時，江誠光放在桌上的手機忽然閃了一下，雖然手機屏幕朝下，但微弱的光還是從邊縫透了出來。

幾乎是同時，但李晴臻的手比江誠光更快，她搶過手機，看見螢幕顯示的號碼和正在通話的狀態，怒火燒掉腦中最後的一絲理智，她憤怒地切斷通話，把手機狠狠摔在地上，還用腳不停地踩。

「你騙我！你騙我！」她的眼神只剩下黑色的瘋狂……

沒錯，剛剛他們的所有對話早就已經一字不漏地傳到警方耳裡，江誠光知道，這時候再多的解釋都沒用，他只能祈禱警察能快點到。如果不是剛才的插曲，他或許還能暫時穩住她，但現在連他都沒有把握……

滔天的怒火鋪天蓋地地湧上李晴臻的心頭，在她的眼裡，現在站在她面前的已經不是她最愛的兒子，而是一個一心想要把她送去坐牢的人。

咻——

刀鋒迅速劈開空氣，強勁的力道與風摩擦發出撕裂般的聲音，直朝江誠光命門而去，他歪頭一閃堪堪擦過，但下一刀又已接至眼前，這一次他根本來不及閃躲……

「媽！」江誠光及時握住她拿刀的手，他萬萬沒想到，有一天自己的母親竟會向他揮刀。

李晴臻聽不見他的叫喊，依舊不斷往下施力，她的力氣比平時還大，江誠光只能一邊和她僵持，一邊試圖喚醒她：「媽！我是誠光啊！」

「這是你逼我的……這是你逼我的……我說了我不要坐牢！可是都完了、一切都完了……」她的語氣從原本的慌張無措一轉狠戾，「你既然要讓我死，我也不讓你好過！」

「媽！妳冷靜一點！」

李晴臻想甩開江誠光的桎梏，那刀子就在兩人中間，一下揮到左邊，一下砍到右邊，江誠光怕刀傷到自己，又怕太過用力反抗會傷到她，進也不是，退也不是，只能繼續一手握著刀鋒，另一手抓著她的手腕，再疼也不敢放開。

鮮血順著他的手掌汩汩流下，怵目驚心，空氣中也瀰漫著一股血腥的味道。

「媽！我是妳兒子啊！妳難道要殺了我嗎！？」

這句話似乎切中了李晴臻的某個開關，她停住動作，愣愣地凝視著眼前的男孩，手雖然還握著刀，但已經不再像剛剛那樣猛烈地朝江誠光攻擊。

面前猙獰的黑影逐漸被白光覆蓋，半晌後慢慢散去，顯出熟悉的臉龐，剛才的力氣剎那被抽離，她軟腳跌坐到地上。

這時外面也響起了警車的鳴笛聲。

「媽、媽，妳看著我，妳不要怕，我會陪妳的，我陪妳一起接受治療，我們會好的，一定會好的。」

李晴臻的眼神逐漸恢復清明，她注視著眼前的男孩，忽然笑了，不知為何，那笑容讓江誠光有些心慌。

感覺有什麼正在脫軌，江誠光伸出了手，試圖想要抓住什麼，「媽……」

卻終究什麼也沒碰到。

「誠光。」李晴臻打斷他的話，不知道是說給自己聽的還是江誠光聽的，「來不及了，那太痛苦了，我等不了的。」

她的話中沒有任何主詞，但江誠光就是聽懂了。

李晴臻已經是重度沉癮者，只要時間到不注射或吸食毒品，一分一秒都像是在火上煎烤般難熬，戒毒對她來說太痛苦了。從最開始被迫接觸毒品，到後來成為一個供給者的角色，她若單單只是吸毒，或許毒癮戒了後又能重新開始，可如今的她吸毒加販毒，罪上加罪，若是進了監獄，她知道這輩子估計就不可能再出來了。就算有緩刑或假釋，她的身體也早已因為吸毒壞得徹底，等不到那時候了。

其實江誠光也知道，李晴臻的罪刑太重了，但他們已經沒有別條路了，如果今天不報警，按照李晴臻現在的身體和精神狀況，猝死也只是時間早晚的問題而已，說不定還沒等到那時候，她就又做出了其他更不能挽回的事。

江誠光哽咽地抽了抽鼻子，跪在她身旁不斷搖頭，「不會的，媽，我們……」

「誠光，你是個優秀的孩子……」

「是媽媽對不起你……」

李晴臻猛地推了一下江誠光，他猝不及防摔倒在地，電光火石之間，頭上的白熾燈光折射到刀面上，閃過江誠光的眼，他的身體比腦袋更快，想也沒想就直直朝前撲了過去——

「媽！」

他的手握在李晴臻拿著刀子的手上，李晴臻的脖子已經被鮮血浸染，紅色的液體像泉水般汩汩地往外冒，眨眼間就成了一片紅海，後方急促的腳步聲和吆喝聲一擁而上，但江誠光盯著眼前的畫面，已經什麼都聽不到了。

*

李晴臻送到醫院前心跳就已經停止了，雖然她不是他殺的，但他卻因此陷入深深地自責當中。

周思年不知道要怎麼安慰江誠光，只能道：「誠光，你沒有錯，你只是要阻止這個錯誤繼續下去而已。」

「可終究是因為這樣逼死了她。」

當時的報紙和新聞大篇幅地報導，許多無良媒體不知道真實情況就亂下標題，在那些陌生人眼中，他就是那個殺了自己母親的人。

他的志願是成為一個法律人，但自己的媽媽卻吸毒又販毒，而他明知道這是錯的，還是選擇包庇她。

那些日子裡道德和輿論的壓力早已讓江誠光喘不過氣，他知道自己該怎麼做，卻始終邁不出那一步，直到下定決心，已經為時已晚。失去親人的打擊再加上周遭人的異樣眼光和閒言碎語字字誅心，最後他終於承受不住，選擇自殺。

後來江誠光總會忍不住想：如果當時他沒有報警，或是他早一點狠下心，悲劇是不是就不會發生了？

知道了江誠光自殺的原因，但是周思年還沒忘記最重要的事情，「這只能解釋你和我是來自同一個世界的人，但那本書上說了，這是由自殺者創立的理想世界，既然這是我的世界，你又怎麼會出現在這裡？」

「這是我們兩個的世界。」江誠光給了她這個結論。

「具體是什麼原因我也不清楚，我推斷應該是因為我們兩人的遭遇和追求的理想是一樣的，或者說是有很大部分重疊，所以我們以創造者的身分，同時出現在了這裡；又或者，是妳或是我，闖入了對方的世界。」

事實上最後兩個猜測都不太可能，因為假設是江誠光闖入了周思年所創造的這個理想世界，那麼不是創造者的他在發現「真相」之後，應該會徹底消失才對，可是他沒有；換成周思年也一樣，若是她闖入了江誠光所創造的理想世界，那麼她就是「破壞者」，不可能擁有黑皮書還一直活到現在。

所以唯一的答案就是——他們兩人都是創造者。

但有些事江誠光並不想讓周思年知道，好奇心會殺死一隻貓，那些痛苦他一個人嚐就夠了。

周思年和江誠光是同一天死亡的，雖然她目前想不起來自己自殺的原因，但對於他的推論她暫且認為是合理的，畢竟現在也沒有其他的說法能解釋這個情況。

江誠光並不知道之後周思年到底發生了什麼，因為後來那段時間他早已因為李晴臻的事和其他人都斷了聯絡，甚至連學校都沒去了，所以在時間軸上，周思年的事件和日期才全是問號。

「你也有一本這樣的黑皮書嗎？」周思年問。

「有。」

得到這個答案周思年並不意外，也更證明了他同樣是創造者的推論。

「那你早就知道其他人會發生的事又該怎麼解釋？」

「因為我記得。」

「……什麼意思？」

他說他記得，他記得什麼？記得那些發生的事情嗎？所以這些事都曾經發生過？

但如果他們都是這個世界的創造者，為什麼唯獨他記得，她卻什麼都想不起來呢？

就像江誠光記得自己為什麼自殺，可她卻一點印象都沒有一樣。

「我還是不明白……」

周思年話才說到一半就被一股勁道拉過，身體轉了半圈，側臉貼上溫熱的胸膛。

江誠光一手將她攬入懷中，阻斷她的話，輕聲道：「妳永遠都不需要去明白。」

因為只有不明白，才不會記得那些悲傷，永永遠遠留下來。

周思年隱約能感受到，江誠光還藏著什麼祕密不讓她知道，但今天這些訊息量實在太過龐大，光是接收與接受就令她疲憊不堪，她需要好好消化。最後她終是抵不過濃濃的睡意，沉沉睡去。

這晚的江誠光又是一夜無眠。

周思年正在「甦醒」。

她開始陸陸續續憶起以前的事，了解這世界的規則，一點一點揭開他們在這裡的真相。這種現象之前也有過，只不過每回都被他提早發現並扼殺在搖籃之中，但這一次，事情一件件、一樁樁都脫離了原本的軌道，雖然他知道，最後仍會駛向那個既定的終點，可這也意味著——世界正在崩塌。

江誠光試著想要挽救，卻沒有任何作用。

而那個令他痛苦的日子，就快到了。

＊

那是一個很虛幻又很真實的夢，周思年夢見了還「活著」的她。

夢裡周圍有很多的人，同學、老師、警衛……一個個面孔如同電影倒敘般飛掠而過，下一幕，她看見地板上仰躺著一個穿著制服的女孩。

她的四肢呈現不正常彎曲，胸前別著一朵寫著「畢業生」的玫瑰花箋，而身下入目是一大片深紅的血。

周思年走近一看，那個人不是別人——是她自己。

然後她聽見了很多人的聲音，緊張的、焦急的、驚慌的、竊竊私語的……她覺得自己像是置身在一個玻璃瓶中，所有的聲音層層交疊，互相撞擊，震耳欲聾還有一圈圈的回音，吵得她頭痛不已，她張口想叫停，卻發不出任何聲音。

畫面又一次快速地切換，這次躺在地上的是一名男子，她朝那人快步奔去。她不知道那人是誰，但卻看見夢裡的「自己」跪在他身邊，哭得聲嘶力竭，撕心裂肺。明明只是個夢，周思年的心竟也跟著劇烈地疼痛起來，不明所以，卻已淚濕滿襟。

……

「周思年？妳沒事吧？妳的臉色很蒼白耶！」同學輕輕搖晃她，關心地問道。

她疲憊地揉了揉太陽穴，「噢，沒事，就是昨天沒睡好。」

這幾天周思年老是做這樣重複的夢，夢醒後總覺得心情特別壓抑難受，所以睡眠品質也跟著降低。幸虧已經考完試了，學校老師對他們這些高三生也是睜一隻眼閉一隻眼，大家就等著學校的錄取通知然後快樂畢業。

「妳要不要去保健室休息一下？」

周思年想了想，反正就剩下最後兩節課了，在教室待著也是無聊，乾脆去保健室睡一覺也好，順便把書包也背過去，等等下課鐘響就能直接放學。

到了保健室，阿姨讓她到裡面的床上休息。周思年雖然精神很差，但躺下後卻不想閉上眼睛，怕又夢到那些令她煩躁的畫面。

她正打算拿出手機看小說，椅子上的書包忽然滑落，剛才她忘了拉上拉鍊，這會兒裡面的東西全都嘩啦啦地掉了出來。

其中還有那本她一直帶著的神祕黑皮書。

那本書打開著倒扣在地上，她彎腰撿起來，發現攤開的那頁出現了新的章節：**世界重置**。

江誠光從洗手間回來發現周思年不在座位上，問了一旁的同學才知道她去保健室休息。想著她現在應該是在睡覺，江誠光等到下課鐘響才去保健室找她。

「阿姨，請問剛剛是不是有個女同學來休息？」

「噢，在裡面那張床上，拉著布簾的那間。」

江誠光道了謝後往裡面走去。

「思年？」他拉開布簾，映入眼簾的是她呆坐在床上，手上捧著那本黑皮書，臉上又哭又笑。

江誠光二話不說就坐到床邊捧起她的臉，指腹溫柔地擦拭她臉上的淚水，「怎麼了？」

那梨花帶雨的模樣讓他的心也跟著揪成一團，怎麼來保健室睡個覺都能哭成這樣？是做惡夢了嗎？還是誰欺負她了？

周思年原本沉靜在自己又驚又痛的思緒中，誰知道布簾突然被拉開，細碎的光透過狹窄的縫直射進來，星星點點撒在床鋪和來人的身上，因為背光的關係，她看不清他的長相，但熟悉的輪廓讓她一眼就確定是江誠光。

剛才周思年滿心想的都是他，沒想到下一刻他竟就真的出現在她面前。見他著急的模樣，她想也沒想，霍地起身抱住了他。

「妳……」江城光被她這猝不及防的舉動弄得有些懵，一時之間不知道該如何反應，待他瞥見床上攤開的黑皮書還有上面浮現的內容，忽然就明白了。

「妳都知道了。」

保健室的阿姨不知道什麼時候離開了，只剩下他們兩人，空氣安靜而緩慢地流動著，周思年的頭靠在江誠光的胸膛上，聽著心臟的位置一下又一下強而有力的跳動，有種劫後餘生的感慨。

「世界重置」是這本書的最後一個章節，周思年總覺得每次有新的內容時，這本書就彷彿有自我意識般，會恰巧出現讓她知道。

認真讀完以後，之前那些還朦朦朧朧的疑問，終於撥雲見日，得到解答。

可在明白的同時，江誠光也隨之浮現在她的腦海。

這個世界之所以被稱作「理想世界」，是因為無論在這裡經歷了什麼，時間一到就會全部重置。沒有人會記得曾經發生過什麼，就像電腦清除了記憶體中的內容一樣，乾乾淨淨，不留痕跡。

周思年和江誠光都是「創造者」，按照書上所說，當創造者發現真相後，世界便不會再重置，然後在那一次運轉結束後徹底崩毀。

雖然江誠光早就發現了這個世界持續下去的真相，但今天以前的周思年是不知道的，所以世界仍然會繼續運轉，而周思年當然也會繼續待在這裡。

照理說江誠光應該要離開，但他卻留了下來。

周思年曾經質問過他為什麼會對所有發生的事都如此瞭若指掌？當時江誠光只用了一句話簡單回答——

「那你早就知道其他人會發生的事又該怎麼解釋？」

「因為我記得。」

那時的周思年總覺得有什麼不對，直到現在她才真正明白，這五個字究竟代表什麼。

——因為我記得。

江誠光其實早就有心理準備這一天的到來，只是沒想到那麼快。

所有知道真相的人都會被這個世界清除，但他利用了創造者無法被世界強制驅逐的原則，規避掉了這條遊戲規則，在最後一刻仍做出和以往相同的選擇。

一樣的結局自然會走向一樣的結果，所以世界再度重置，江誠光如願留了下來，但也為破壞這個世界的平衡付出了代價。

或許是因為從來沒有人嘗試過，書中沒有任何有關知道真相後選擇留下的人的記載。未知才是最令人恐懼的，但江誠光還是義無反顧地做了這個決定。

從此之後，他擁有了在這個世界的每一次記憶，那些快樂的、喜悅的、難過的、痛苦的……無論哪一種，他都不再擁有「忘記」的權利。

即使是在這樣的世界裡，依舊無法阻止死亡的到來，但世界重置之後便什麼都不會記得。雖然開心的也忘了，可同樣的，那些痛苦的記憶也都不覆存在，這也是這裡被稱作為「理想世界」的原因。

一旦失去了「遺忘」的能力，原本的理想世界對於創造者來說，也就不再如同一開始那般單純美好。

倘若要讓世界繼續運轉，那就得不斷重置，而重置的條件就是創造者走向既定的結局，以原來的方式死亡，也就是說，江誠光每經歷一次世界重置，他就得體會一遍那種眼睜睜看著周圍的人死亡或遭遇劫難，卻無能為力的痛苦，心理上承受反覆的折磨。

最可怕的是——他為了讓世界重置，必須逼迫自己走向死亡無數次。

江誠光說過他是溺水而死的，周思年知道對於溺水的人來說，那當下世界就彷彿靜止了一般，在水中你聽不見任何聲音，冰冷的海水包圍著自己，所有的感官都變得遲鈍，只剩下窒息的感覺被不斷擴大，像有一隻無形的大手緊緊掐住你的喉嚨，你吸不到任何空氣，肺部似被重物壓著那樣難受，甚至是疼痛，不論你怎麼掙扎都沒有用，無法呼吸的那一分鐘有如一世紀那樣漫長，沒有盡頭。

求生不得，求死不能。

而他不能退縮。

她無法想像，究竟要有多大的勇氣，才能讓一個人一次又一次，心甘情願，反覆經歷死亡的瞬間。

「為什麼？」周思年顫抖的聲音破碎在空氣之中。

為什麼不走？

為什麼明明已經知道真相卻還是一遍又一遍地留下來？

不管重來多少次，宇時悅都會離開，梁酒酒和蘇洋都會發生車禍，他們兩人也都將走向死亡，但那些痛，他卻獨自承受了那麼多年。

數不清的多少年。

周思年甚至沒有勇氣問江誠光，這樣的世界重置，他究竟在擁有這個世界的記憶後，經歷了多少次？

江誠光的聲音一如既往地清冷，但每次在面對周思年時又參雜著些許溫柔，像是黑夜中那輪明月，溫潤皎潔，又隱隱透著一絲孤涼。

「因為妳在這裡啊。」

按照灰色世界的規則，江誠光發現，周遭所有對他們來說重要的人最後不是死亡便是離開，在他也死亡之後，周思年卻還留了下來。如果她只是他創造的理想世界中的一部分，那麼她就不可能留到身為「創造者」的他之後，這讓江誠光更確定了周思年也是創造者的結論。

他知道那種感覺，又怎麼可能忍心看著她，繼續一遍又一遍，獨自經歷著親朋好友的死亡與離別？

周思年震驚地望著江誠光，她彷彿看見一整片星辰大海，在他漆黑深邃的眸中熠熠閃耀。

其實在知道江誠光選擇留下來後，她的心中就隱隱約約有了答案，卻始終不敢下定論。

她是何其有幸啊！能有一個人這樣愛著自己、保護著自己，為她傾盡所有，甚至為她留在這虛假的世界中。

看見她眼神中的沉痛，江誠光嘆了口氣，當初之所以不讓她知道，就是不想她這麼悲傷。他抬手遮住周思年的雙眼，嘴邊噙著淡淡的笑，聲音溫柔得像是要把人融化：「妳不用感到愧疚或自責，這都是我自己的選擇。」

因為我愛妳，所以我願意。

「我選擇留下來，不只是因為妳還在這裡，還有……是我想試試看，能不能改變那些已經發生的悲劇。」

說到底不管哪個原因都是他自己的私心。江誠光重來了無數次，除了放不下周思年外，其實還抱著一個渺小的希望——那就是改變命運。

他曾經以為自殺是他對原來那個世界失望透頂後的最後一點反擊，而上天終於天憐憫地給他回應，然後他來到了這裡。

雖然世界依舊是殘酷的，在他死了之後，才讓他重新找到活下去的意義，給了他希望，卻又殘忍地戳破這層虛假，但江誠光還是無比慶幸，在最後這個偷來的時光裡，遇見了那抹和他相似的孤寂。

他不知道自己是什麼時候對周思年上了心，等他回過神來，就已經陷進去了。

找到對的人也許要花一生的時間，但愛上一個人，卻往往只需要一瞬間。

他短暫的人生當中，唯一愛的那個人，是在死後才相遇的，又怎麼可能捨得就這樣放手離去？

「但不論世界重置多少次，我還是沒辦法阻止宇時悅離開，阻止梁酒酒和蘇洋遇上那場車禍，而我媽……也依舊走上那條不歸路。」

即使知道這裡的一切都是假的，只有他和周思年才是真的，江誠光還是想給她一個真正意義上的「理想世界」，沒有那些離別、痛苦、悲傷、難過。

周思年的心口因為江誠光的話軟得一塌糊塗，但甜蜜之中也泛著微微的苦。

「……傻瓜。」

江誠光只是將頭靠在她的肩上，疲憊的心似湖上飄蕩許久的扁舟，如今終於靠岸，一時間空氣都安靜了下來，只剩窗外偶爾一兩聲響亮的鳥鳴。

良久，周思年在他懷裡輕聲問：「難受嗎？」

明明她也沒說清楚是問什麼，但江誠光就是聽懂了她的話。

他將臉埋在周思年的頸窩蹭了蹭，悶聲道：「習慣就好了。」

聽到這回答，周思年環抱他的手又更緊了。

他越是這樣輕描淡寫，她就越心疼。

「習慣死亡」是種什麼感覺？他不過是不想她擔心罷了。

就連醫生都不可能做到內心毫無波瀾地面對每一次的死亡，何況是要一個清醒的人自願反覆走向死亡，而且還不能後退？

自殺是需要勇氣，人一旦死了之後就什麼都感覺不到了，自然也沒什麼好怕的，可偏偏江誠光是溺水而死的，這種死法所受的折磨，周思年甚至都不敢深想，但江誠光卻獨自一人經歷了一次又一次。

如果這次不是她發現了真相，他是不是就會繼續這樣默默地承受這些沒有盡頭的痛苦，讓世界再次重置？

對不知道的人來說，或許就如同黑皮書裡所寫的，這是一個「理想世界」，但當真相浮出水面，終於把外面那層漂亮的包裝紙拆開，你會發現裡面根本就不是什麼糖果，而是一種慢性毒藥，讓你中毒而不自知。

直到現在周思年才真正看清，這裡根本就不是什麼理想世界，正確來說，應該是一個對自殺者的懲罰世界。就像是被困在籠中的鳥，反覆地經歷失去直到死亡。你以為世界就這麼大，但其實只是從來沒有想過可以自由地翱翔。除非發現世界的真相，打破世界的運轉，否則只會再繼續一無所知地進入下一個循環，日復一日，年復一年。

而當你發現真相，那一切的和平和完美就會在一夕間崩塌，你會發現那些你所以為的、你所期盼的，終究都只是假的。

沒有期待就沒有傷害，有了希望後的失望，得到之後再一樣樣地失去，那才是最讓人痛苦絕望的。

「其實你一直都知道怎麼離開這裡對嗎？」周思年問。

雖然書上沒有說，但是只要稍微逆反思考就會知道隱藏在這其中的答案。

既然造成世界重置的關鍵是「創造者」按照原本的方式死亡，那麼也就是說，只要他們兩人都沒有再用同樣的方式自殺，活過原定的死亡時間，世界便無法再次重置了。

但同樣的，這個世界若是崩塌，他們……就不可能再見了。

「……」

沉默在兩人之間蔓延，半晌，江誠光才緩緩開口，聲音竟有些顫抖，似是祈求：「留在這裡不好嗎？」

停留在這個美好的青春年華，不會再有真正的死亡。

他想和她在一起，永遠不分開。

江誠光知道這是一個很無理也很自私的要求，但只要一想到世界崩塌之後他們就會從此陌路，甚至徹底忘記對方，他就覺得吸進的每一口空氣，都像是插滿了千萬根尖銳的冰刀，劇痛不已。

他經歷了無數次死亡，那種恐懼已經深深地刻在身體裡，不論重來多少次，他都無法忘記——海水似猛獸般漫過他的口鼻，而後將他徹底淹沒，他一個人在黑色的大海中載浮載沉，胸腔痛得像是要炸裂開來，他無法求救也不能求救……但這些都遠遠不及失去周思年的痛。

周思年從他的懷裡抬頭，猝不及防撞進那雙朦朧的眼中，迷霧後面，是江誠光從來不曾坦露的，小心翼翼隱藏的脆弱。

她忽然想起，江誠光在眾人面前總是一副清冷疏離的模樣，胸口頓時像是被無數根針扎一般密密麻麻地痛。

那是他經過了多少次非人的折磨、承受了多少看不見的傷痛，才淬鍊出那樣世故又深沉的雙眸？因為見證過太多次的死亡，只要是人都無法做到完全無動於衷，所以江誠光只能逼著自己接受，漸漸地造就了他現在這樣淡漠的性格。

不是因為他涼薄，而是因為只有讓自己學會處變不驚，不再輕易受外在因素控制情感，才能減輕每一次那些難過與痛苦所帶來的衝擊與疼痛。

偏偏他這樣的一個人，卻唯獨對她百般溫柔。

以前的她不懂，現在她懂了。

周思年自然也捨不得和江誠光分開，但如今她已經知道真相，又怎麼可能再眼睜睜地看著江誠光一遍又一遍經歷那樣的死亡？

「誠光，這裡很好，但沒有未來。」周思年傾身向前，輕輕地吻上他的唇。

這是她第一次主動，羞澀的、顫抖的，像是對待一個易碎的稀世珍寶，極度愛戀卻又小心克制。

江誠光一怔，他沒想到她會突然吻上來，唇上的柔軟濕潤令他身體微微僵硬，雖然僅僅片刻就抽離，卻還是令他失神著迷。

周思年和他額頭相抵，深深望盡他的眼底。

她眼中水光瀲灩，頃刻間，時間彷彿被按了暫停鍵，耳畔是她溫柔又驚心動魄地低語，在他平靜無波的心湖上，漾起一圈又一圈的漣漪。

「我想和你一起，慢慢變老。」

留在這裡他們的確什麼都不會真正地失去，但同樣的，時間也永遠不會前進。

可是江誠光，我想和你手牽著手，走過一生、二人、三餐、四季。

或許人都是貪心的，如果不知道真相，她只想著能和他這樣安安穩穩的在一起就好，但現在，她卻想和他執子之手，與子偕老。

只有時間的齒輪轉動了，他們才會有未來。

哪怕這些對他們來說都只是奢望。

至少，還有一丁點希望。

第八章 蝴蝶效應

這兩天部分的學校都已放榜，周思年和江誠光如願進了同一所大學。

如果是在還沒有發現這個世界的真相之前知道這件事，周思年一定會高興得跳起來，可如今這樣的結果卻成了另一種沉重。

他們心裡都清楚明白，不論是誰，都不可能真的去上大學的。

蘇洋在情緒比較穩定之後已經出院在家休養了一段時間，最後他和宇時悅一樣選擇出國。

在這裡每個回眸的瞬間，他都會想起那如綢緞般黑得發亮的柔順長髮，還有恬靜的面容上，那雙永遠波瀾不驚的美眸。

唯有帶上梁酒酒的夢，離開這個充滿他們回憶的傷心之地，一切重新開始，他才能得到救贖。

蘇洋的父母也同意了他的決定，與其留在這裡看他們唯一的兒子繼續一蹶不振，困在回憶和愧疚之中，不如到一個新的環境去生活，讓時間慢慢地沖淡那些傷痛。

臨走前，他和江誠光、周思年一起去看望梁酒酒。

偌大的殿堂莊嚴肅靜，佛經唱誦的聲音讓人不自覺地靜下心來，四根大理石巨柱聳立在大廳的四方，前面還能看見零星幾人，正雙手合十地朝正中間的大佛跪拜，嘴中唸唸有詞，似是在虔誠地祈求著什麼。

他們三人上了樓，穿過一排排靈位，來到角落的一隅。這裡的方位和採光都極佳，坐北朝南，和煦的陽光透過旁邊的窗口斑駁地撒進來，將那一座座靈櫃籠罩上一層淡金色的光暈，原本狹窄冰冷的走道也變得溫暖起來。

這是蘇洋出事後第一次來見梁酒酒。

當時的他從床上清醒已經是幾日後了，梁酒酒早已被送回家，後來的弔唁他也沒有勇氣去。還記得一睜眼時，蘇洋出口的第一句便是找梁酒酒。

「梁酒酒呢？她怎麼樣？」說罷他不顧自己的身體狀況就要下床去找她，但周圍的人卻告訴他，只有他一人活了下來。

在聽見梁酒酒死了之後，蘇洋感覺自己身體裡的血都在剎那間凝固，渾身的力氣彷彿瞬間被人抽乾，他恍恍惚惚地跌坐回床上，腦子甚至有幾秒的空白。

梁酒酒倒在血泊之中的畫面浮現在他的腦海，就像電影慢放那樣，鏡頭漸漸從模糊到對焦，每一分每一秒都在凌遲他。

對於梁酒酒的死，蘇洋一開始是不知所措，後來則是一直逃避，他固執地封閉自己的所有感官，好似只要不聽、不看，這一切就都不是真的。

直到現在，看見櫃子裡的那罈骨灰甕和上面那張照片，眼前一直遮住視線的紗幔被微風輕輕吹下，蘇洋終於肯承認——梁酒酒已經死了。

周思年和江誠光早已知趣地退到外面，留給他們兩人獨處的時間。

蘇洋顫顫巍巍地撫上照片裡那女孩的眉眼，鼻頭有些泛酸，眼眶也逐漸濕潤，直至模糊視線。

對不起，梁酒酒，我來晚了。

對不起，酒酒。

對不起。

真的對不起。

……

太過疼痛地哭泣是沒有聲音的，就像寂靜夜色下的小獸悲鳴，連大地都感染了哀慟的情緒。

周思年和江誠光站在欄杆前，底下的樹林鬱鬱蔥蔥，高矮不一的房子坐落其中，聽著裡面蘇洋細細碎碎的說話聲，周思年問：「你之前說，梁酒酒是這一次才死的？」

江誠光點頭，抬眸望向遠處，「是，之前的每一次，梁酒酒都只是被判定腦死。」雖然也等同於是死了，畢竟植物人醒來的機會近乎渺茫，但心臟還是在跳動的，終究是和真正的死人不一樣。「只有這次，是真正的死亡。」

幾乎就在江誠光語落的剎那，他們兩人對看了一眼，電光火石之間，都在彼此的眼中讀出了同樣的訊息。

「你說，酒酒會不會……」

「看來我們想的是一樣的。」

雖然周思年有聽江誠光說過，這一次的世界有很多事情都在悄悄地轉變，看起來大致的走向還是相同的，可是一個人從非死亡到死亡的狀態，即使並沒有對世界造成太大的影響，但看過那本黑皮書並且知道真相的他們，卻不約而同產生了一樣的想法。

——梁酒酒在這一次世界重置後，成為了「破壞者」。

因為只有破壞者才會被這個世界強制驅離。

雖然黑皮書裡並沒有寫到其他的創造者是否有可能出現在另一名和自己沒有關係、對理想世界的追求也不同的創造者的世界裡，但可以確定的是，梁酒酒絕對不是創造者，因為之前她都沒有真正的肉體死亡，而且這一次她是被撞死的。只有「自殺者」才可能成為灰色世界的創造者。

可是梁酒酒究竟是什麼時候發現真相的？她又是怎麼發現的？

恐怕只有她自己才知道了。

「別糾結了。」江誠光揉了揉周思年的頭，「其實往好的想，與其在每一次世界重置的最後變成植物人，這樣的結果對她來說未必不是件好事。」

這個世界都是虛假的，世界重置之後所有人就都忘了，但在這裡的感受卻全是真的，那樣躺在床上被動地等待最後的時刻，實在太過漫長難熬。

半小時後，蘇洋從裡面出來，看樣子是和梁酒酒說完話了。即使他表現得再鎮定，泛紅的眼眶還是出賣了他。

「什麼時候走？」江誠光問。

蘇洋回頭望了一眼，緩緩道：「後天。」

「還回來嗎？」
「……不知道。」
蘇洋今天過來，就是來和梁酒酒道別的。他要走了，離開這個地方，重新開始新的生活。他也不知道自己什麼時候會再回到這裡，或許等到哪一天他終於釋懷了，可以再一次對她揚起那抹熟悉的笑容，他就會回來了。
雖然說是告別，但蘇洋知道，梁酒酒這個女孩，不論他走到哪裡，在什麼地方，她都會一輩子住在他的心底，再也不會離開。
在機場的入口，蘇洋的父母先進去裡面處理行李托運，留給他們三人說話的空間。江誠光和蘇洋互相擁抱，他拍拍他的背道：「好好照顧自己，保持聯繫。」
「我會的。」蘇洋點了點頭，「你們也是，保重。」
直到蘇洋轉身而去，機場的大門緩緩關上，周思年終是忍不住熱淚盈眶。江誠光溫柔地將她攬進懷裡，靠在他溫暖的胸膛，聽著胸腔內強而有力的心跳，周思年緊緊地回擁。
他們都知道，蘇洋這一去，就不可能再回來了。
世界一旦不再重置，就意味著崩塌，宇時悅、梁酒酒、蘇洋……他們本就是因為這個世界的存在才被創造出來，在世界停止運轉的那一刻，他們也將跟著一起消失。
蘇洋或許不知道，但周思年和江誠光卻再清楚不過——這是他們最後的道別。
江誠光感覺到胸口的位置一陣濕熱，他什麼話也沒說，只是靜靜地抱著她，等待她心情平復。

寒假過後，江誠光抽高了不少，如今已然比周思年高了整整一顆頭，視線所及還能清楚看見她頭上髮線的漩渦。他稍稍施力，將周思年的頭壓在懷裡，在她看不見的地方，他輕揚起頭，微瞇著眼朝天空望去。藍天白雲，晴空萬里，熾熱的太陽一如既往地懸掛，灼目耀眼，好似什麼都不曾變過一樣。

可是又有誰知道，他們的未來……在哪裡呢？

在他們選擇自殺的那一刻，便已經放棄未來了。在這裡的時光都是偷來的，而他們終究是在這虛幻的生命中，學會了那些留戀和不捨。越是這樣，就越是貪戀著。這大概……就是對他們的懲罰吧！

機場的廣播透過自動門的開開關關斷斷續續地傳了出來，人來人往的機場門口，一對男女無聲地駐足擁抱，這樣的舉動在這裡習以為常，到處都有人在道別，空氣中滿是淡淡離別的憂傷，誰也沒有上前打擾。

*

二〇二〇年五月九日，這一天，終於還是來了。

按照江誠光說的，今天就是李晴臻自殺的日子。

這是最後一次世界重置，即使之前無數次嘗試都失敗，江誠光還是想把握最後一次機會，扭轉李晴臻的命運。

而這一次，他不再是一個人。

周思年望著眼前少年憂愁的面容，握住他的手，「這一次不管發生什麼，我都會陪在你身邊的。」

在幾天前，周思年主動提議暫時收留江誠光家的元寶。江誠光平常都會載周思年上下學，和周競岩、黃慧敏也算熟稔，知道元寶是他養的，加上拉布拉多這種品種的狗性子本就溫和，也不會隨便亂叫影響鄰居，所以就答應了。

江誠光臨走前，蹲下身與牠磨蹭鼻子，然後輕輕拍了拍牠的頭，溫柔道：「元寶，要乖乖聽話知道嗎？過幾天我就來接你。」

元寶似是感應到了什麼，耳朵耷拉著，看起來懨懨的。江誠光剛踏出周思年家，元寶後腳就跟了出來，江誠光好氣又好笑，又是好一陣安撫才離開。

周思年打趣道：「看來元寶很黏你呀！」

這還是她第一次見到元寶，因為她從來沒有去過江誠光家。現在想來，認識他的這段時間裡，如果不是上次意外發現了真相，江誠光對自己的家庭幾乎從來沒有主動提起過。

好在元寶還是很聽江誠光的話，這幾日他照舊來接周思年上下學，元寶都能透過窗戶看見他的身影，確認他完好無損，也就更加安分地待在周思年家，等著江誠光來接牠回家。

雖然免不了每次看見他騎車離去的時候還是會失望一下。

這天放學，周思年跟周競岩和黃慧敏說要和朋友去吃飯，會晚點回來，實際上是陪江誠光回他家去了。

放學鐘聲敲響的那一刻，周思年轉頭對上江誠光的眼，教室裡充斥著歡快的氣氛，大家紛紛收拾書包，三五成群地離開，他們兩人卻好似和周圍隔著一道透明的牆，空氣低迷到令人窒息。

明明已經經歷過那麼多次了，江誠光卻還是感覺得到，熟悉的恐懼正以放射的方式傳到四肢末端，像千萬隻小蟲密密麻麻地在血液裡穿梭蠕動。

驀地，一陣溫暖覆上他的掌心，他低眸望去，一隻纖細的小手此刻正牢牢地、緊緊地握著他，就像那吹笛子的旅人，笛音一響起，所有的不安都漸漸被撫平下去。

周思年在用行動告訴他：我會一直陪著你。

其實對策他們早就商量過了，因為只有周思年和江誠光才知道接下來會發生什麼事，但卻又無法向周遭人解釋，即使提前報警，警方也不會相信他們沒有根據的話，於是周思年決定跟著江誠光一起回家。家中尖銳的東西江誠光早已都事先藏好，屆時他會負責吸引李晴臻的注意，一旦情況不對，周思年就偷偷撥通警局的電話。

一路上江誠光思來想去，決定還是不要讓周思年跟著他一起冒險。

「我還是先送妳回去吧！這太危險了！以前都是我一個人，她是我媽，如果真的發生了什麼不可挽回的事，我不會後悔，但這畢竟本來就跟妳沒關係，我不想要把妳也捲入危險之中。」

周思年停下腳步，目光難得有些咄咄逼人，「江誠光，事到臨頭你這是要退縮嗎？」

「小年，我只是擔心妳……」

「然後呢？如果阿姨還是死了，你又打算一個人悄悄地躲起來獨自承受嗎？」

「我……」

「那你有沒有想過我怎麼辦？」

「……」

「我們說好要一起面對的。」周思年紅了眼眶，任性道：「我說過，我不會走的，就算是你趕我，我也不會走！」

之前的每一次世界重置，江誠光都是獨自一人面對這件事，也每次都是在這裡情緒崩潰，不論李晴臻最終會不會死亡，如果他們要停止重置，就必須打破這個禁錮。

周思年也會害怕，但她知道，江誠光比她更怕，所以她不能表現出來，不然就會影響他。

「我相信你會保護好我的。」

半晌，江誠光終於點點頭，露出一個極淡的笑容，「好。」

兩人到了江家門口，周思年感覺到右手倏地一緊，她低頭看去，江誠光因為用力的關係，手背上一條條青筋清晰可見，相握的掌心中全是汗，安靜的街道上似乎只聽得見彼此震耳欲聾的心跳。

「走吧！」

一打開門，客廳和廚房的燈都是亮著的，每一次的這一天都是這樣。

江誠光率先往廚房走去，周思年跟在他身後，聽見他朝廚房叫道：「媽，我回來了。」

沒有人回應。

江誠光佇立在廚房門口，周思年也走上前往裡頭望去，裡面一個人也沒有，檯面上乾乾淨淨，水槽裡也沒有清洗或處理到一半的食材，瓦斯爐上更是沒有任何一個鍋子。

「阿姨還沒回來嗎？」周思年疑惑問。

「不可能。」江誠光語氣堅定，「我早上出門的時候，客廳和廚房的燈都是關的。」現在既然亮著，一定是有人回來了。

「或許是阿姨回來後又出去買東西了？」

江誠光沒有回答。

轟隆——

一道雷聲劃破天際，天色不知何時暗了下來，廚房裡打開的窗子飄進了一絲雨水的味道。

明明是這樣悶熱的天氣，江誠光卻覺得心中惶惶不安，後背甚至浸出了一身冷汗，像是有什麼事要發生了一樣。

周思年走到窗口邊將窗戶關上，「看樣子要下雨了，你家樓上的窗戶關了嗎？我剛剛好像看到二樓陽台還曬著衣服，先去把它們收下來吧！要是被雨水噴髒就白洗了。」

江誠光嗯了一聲，幫周思年倒了杯水，讓她在客廳的沙發上坐下。

「我上去幫你吧！」周思年提議道。

「沒事，很快的，妳在這裡等我就好。」

聽著江誠光上樓的腳步聲，周思年這才有空環顧四周。電視櫃上擺了一些相框，有一個是江誠光的全家福，李晴臻一頭秀麗的長髮烏黑透亮，江放穿著西裝，一手搭在李晴臻的肩上，江誠光就坐在他們兩人中間，三人漾著幸福的笑，周思年看了都忍不住揚起嘴角，感覺得出來，他們一家三口感情很好。

旁邊也有幾張江誠光單獨的照片，不過似乎都是他國中以前拍的，竟沒有半張是高中時期的。

周思年剛想起身看看櫥窗裡的其他擺設，樓上卻突然傳來一聲大叫：「媽！」

江誠光上樓後先去將自己的房間和雜物間的窗戶關上，順便到陽台把衣服都收進來。走廊的最裡側才是李晴臻的臥室，平常她的房間都不准他進去，每個人都有自己的隱私不想讓人窺探，江誠光也不覺得有什麼，不過平日裡總是關緊的房門今天卻只是虛掩著，透過門縫能看見裡面微弱的燈光。

江誠光以為李晴臻在裡面睡覺，輕輕推開門，「媽？」

沒有人回應。

房內的窗戶是開著的，外面已經開始飄雨，有些水滴打在窗台上噴了進來，他趕緊上前去把窗戶關上，回身時卻看見衣櫃和床中間的地板上趴著一個人。

「媽！」江誠光伸手搖了搖李晴臻，「媽、媽，妳醒醒，妳別嚇我……」

江誠光使力把她翻了過來，她臉色蒼白，眼窩凹陷、雙眼緊閉，不論他怎麼叫都沒有任何反應，江誠光這次是真的慌了。

不對！不對！為什麼會這樣？事情不該是這樣的！從來沒有一次是這樣的！媽媽應該要在廚房裡幫他做晚餐，笑著把菜端上桌，為什麼？為什麼？她為什麼會倒在自己的臥室裡！？

周思年衝進房間，映入眼簾就是江誠光滿臉的恐懼和不知所措，豆大的汗珠密密麻麻地布滿他的額頭，他整個人都在顫抖，像是風中的篩子，彷彿隨時都會倒下。

他顫顫巍巍地伸出手到李晴臻的鼻子前探了探鼻息，周思年蹲在他身後焦急地問：「怎麼樣？」

江誠光深呼吸，強迫自己冷靜，半晌，終於感受到微弱的空氣浮動，雙腳頓時軟在地上。還好，雖然很微弱，但還有呼吸。

「打電話，快！打電話叫救護車！」

醫院的手術室外，江誠光坐在椅子上，他彎下身子，將頭埋進雙掌之間，那樣子就像是個佝僂的老人，讓人說不出的脆弱和心疼。

周思年坐在他身邊，伸手將他抱進懷裡，她知道現在說什麼都沒用，她答應過的，不管發生什麼，都一定會陪在他身邊，和他一起度過。

這一晚注定是煎熬的，漫漫長夜，唯有等待，相信奇蹟出現。

待江誠光的情緒穩定一點之後，周思年才起身走到遠處打電話回家報備。她回來時，江誠光已經收拾好自己，恢復成原來的樣子。

她還在想該說些什麼，沒想到江誠光自己先開口了：「來到這個世界以前的我，其實不是這個樣子的。」

＊

原來的江誠光身體一直不太好，三不五時就感冒發燒，吹不得風，也沒辦法做劇烈運動，他在三歲時被診斷出了自閉症，但江放和李晴臻並沒有因此放棄他，反而更有耐心地陪伴他，帶他到處尋找名醫，家裡的積蓄幾乎都花在了他身上。因為江誠光的狀況需要老師特別關照，同學們也怕他如果出事會惹上麻煩，加上他總是沉默寡言，漸漸地便不再找他一起玩。

或許就像俗話說的那樣：上帝為你關了一扇門，就會為你打開另一扇窗。江誠光非常聰明，除了身體之外，學業成績非常優異，完全不需要父母擔心，還拿很多獎狀和獎學金回來，但在學校的存在感很低，幾乎沒什麼朋友，每天就是兩點一線的路程，不是去學校就是回家。

他早已習慣了一個人的孤獨，現在回想起來，其實也沒有那麼難熬，只是偶爾坐在教室裡，看見同學們三五成群地在打球嬉鬧或結伴回家，心裡不免還是會突然升起一些羨慕來。

江誠光自殺的原因，除了因為過不去道德的那道坎，還有成為法律人的夢想破滅之外，另外一個最重要的——是他的自責。他看著自己的母親在眼前自殺卻無法阻止的自責，因為自己孱弱的身體給父母帶來了許多壓力而自責。

從小到大在他的治療上面，花費一直都如流水般無法止息，江放生前所有的積蓄幾乎都拿去給他治病，如果當初他沒有花父母這麼多錢，或許江放後來就不用兼差到工地搬磚，就算是江放死後，他們母子的生活也不會那麼艱難，李晴臻更不會因此而涉毒。

在父親去世後，江誠光變得更加封閉，面對那樣辛苦的母親，他不知道該跟她說些什麼，那些關心的話語，就算再普通，對他來說也難以啟口。

後來李晴臻早出晚歸，性格大變，兩人雖然住在同一間屋簷下，碰面的機會卻少之又少，更是沒有話聊，江誠光在學校也都是獨自一人，所有的情緒都壓在心底，就像一顆氣球一直不斷地往裡充氣，等到達臨界點時，終於不堪負荷地爆炸。

在這個理想世界裡，江誠光不再害怕人群，也有了自己的朋友——蘇洋、周思年、梁酒酒、宇時悅，他們一起上課、一起放學、一起吃飯、一起回家，這些都是他一直以來所渴望的，甚至是愛上周思年，那種從未有過的感覺太過炙熱深刻。他在黑暗裡走了許久，終於看見了一絲光亮，那是救贖的光。如果不是發現了真相，江誠光想，他是真的願意就這樣不要醒來。

周思年從沒想過，原來江誠光以前是這樣子的，現在他願意對她全盤托出，不再有任何隱瞞，難過的同時，她的心又漲得滿滿的，那是一種被信任的欣喜與滿足。

周思年不禁好奇：那原來的她，又是個什麼樣的人呢？

窗外的天已經黑了，醫院的走廊靜悄悄的，除了坐在一旁等待的江誠光和周思年外，一個人也沒有。良久，手術燈終於熄滅，一名醫生走了出來。

江誠光趕緊上前，「醫生，我媽怎樣？」他的話裡帶著連他自己都沒察覺到的顫抖。

醫生凝視著他道：「患者是吸毒過量，我們已經盡力了，能不能醒來，就要看她自己了，你們要有心理準備。」

後來，李晴臻依舊沒有撐過那個晚上，在半夜十一點十分，宣告死亡。

因為涉及到毒品還有一條人命，警方已經介入調查，他們在江誠光的家中又搜出其他白粉和部分冰毒，最後還在李晴臻房間的抽屜裡，發現了一封自白書和遺書。

李晴臻在自白書中承認自己有吸毒和販毒，但這件事情身為兒子的江誠光一概不知。

而那封遺書，屬名是給江誠光的。

警察遞給他時，他盯著那封牛皮信封，好半晌才顫抖接過。

在之前的任何一次世界重置裡，甚至是江誠光還「活著」的那一次，李晴臻從來都沒有寫過自白書，更別說是遺書，所以在警察告知他時，他的腦中第一個反應是空白。

誠光：

你是個聰明又乖巧的孩子，很抱歉，沒能給你一個好的生活，讓你這麼辛苦。

媽媽看見你的大學錄取通知書了，我真的感到很欣慰，你一直是我和你爸爸的驕傲。

媽媽知道自己這樣的狀況給你造成了很多麻煩，相信沒有我的拖累和阻礙，你一定能飛得更高、更遠。

兒子，後面那段路，媽媽沒辦法再陪你一起走了，但我相信，你一定能照顧好你自己的，加油！

愛你的媽媽

江誠光抱著那封遺書跪在地上，痛哭失聲。

不是的，他從來沒有覺得媽媽是他的累贅、他的阻礙，不管媽媽變成什麼樣，她依然是他最愛的那個媽媽呀！

如果說前面李晴臻的每一次自殺，都是為了讓自己解脫，那麼這一次自殺，卻是真真切切為了他。

李晴臻知道自己吸毒一旦曝光，毀的不僅是她，江誠光也會跟著完蛋。自己的媽媽吸毒卻知情不報，就算沒有罪，之後也會被人指指點點的，何況他以後還想從事法律相關職業，身為孩子的母親，她怎麼能親手打碎他的夢想？

江誠光卻寧願她自私一點，或許這樣他就還有理由可以繼續埋怨，但她卻為了他的前途，選擇犧牲自己。而她不知道，她的那些希望，這輩子他都不可能做到了。

終究還是改變了。在周思年介入了之後，事情又再一次地發生變化，唯一不變的，是李晴臻依舊以自殺結束了自己的生命。

不管重來幾次，沒有元寶、沒有那些鋒利的刀子，江誠光也還是沒能救回自己的母親。

周思年因為當時也在場，所以同樣需要做筆錄。她結束時，江誠光還沒出來。

雖然李晴臻在自白書中說明了江誠光對她吸毒一事並不知情，但警方還是在筆錄時詢問了江誠光。

江誠光回答了不知道。

從頭到尾江誠光本來就沒有參與，他只是沒有主動報警，從法律上來說他並沒有犯法，只是違背了道德。既然這是李晴臻最後的願望，他便不戳破這個謊言，只希望她能走得心安。

其實江誠光說與不說都已無所謂，人死燈滅，他早就是個已經死亡的人，最初他對李晴臻就是抱持著縱容的態度，才導致了這場悲劇，這已經是個無法改變的事實，事到如今，他的最後一次生命，也即將在二〇二〇年的六月五日劃下句點，他不想將剩下的時間都浪費在跟警方周旋上面。

李晴臻的喪禮辦得極簡單，江誠光選擇了海葬，除了因為以後他也不可能來祭拜了，最重要的是，他記得李晴臻說過，她最喜歡大海。

諷刺的是，身為她的兒子，他卻是在大海裡死亡的。

連江誠光自己都說不清，當時選擇以自溺的方式結束生命，是不是也存在著那麼一點報復的心理？

或許當初也是有些恨的吧！恨李晴臻後來沒有盡到一個母親該盡的職責；恨那段時間的他們相處是那樣漠然，明明住在同一個屋簷下，卻像是兩個陌生的房客，幾乎見不到對方，更別說是說話；恨她最後還是自私地將他拋下，她用死亡解脫了，卻把他獨自一人留了下來，面對那些警察、面對那些媒體、面對那些冷言冷語，面對那個如深潭般黑暗的世界，任他痛苦掙扎直至覆滅。

所以他不甘心，不甘心世界如此不公平，為什麼別的孩子都是健健康康、活蹦亂跳的，但他一出生下來就有各種問題？別人的父母事業順利，家庭和睦，他的父母那麼善良，為了他付出了那麼多，一個卻被黑心建商害得丟了性命，另一個因為吸毒變得面目全非，最後更是自私地一了百了。

但那些怨言，在這個世界裡重複經歷了一次又一次後，竟也在不知不覺中變得不再重要，就像是海風吹過岸邊的岩石，時間久了，那些稜稜角角就被漸漸磨平了。

後來的每一次世界重置，江誠光想的都是怎麼樣才能阻止李晴臻死亡的命運，記得更多的，是他們一家人曾經的幸福歡笑，即使他再如何沉默寡言，李晴臻都不曾為此發過脾氣，總是在一旁耐心地等待他自己願意開口。

江誠光抱著骨灰罈站在峭壁之上。今日的風特別大，底下海浪翻湧，不停地拍打岩壁，激起層層浪花。周思年站在他身後，風刮得臉有些生疼，連眼睛都睜不太開。她看著面前少年的背影，衣衫單薄，頭髮和衣角更是隨風劇烈翻飛，但他站得孤傲挺拔，似乎絲毫不受影響。

江誠光把手伸進骨灰罈中，抓了一點粉末，大力地向天空灑去，骨灰隨著勁風向遠處飛去，明明是熱氣逼人的夏天，卻彷彿下起了細細小小的雪，空氣裡全是海水的味道，一瞬間竟美得像幅畫。

不知道是不是因為心裡明白這是最後一次，加上有周思年的陪伴，感覺心上一直壓著的那塊大石終於被徹底搬開，整個人都輕鬆了不少。

周思年走到他身旁，抬眸遠望。今天的天空很漂亮，白色的薄雲層疊在湛藍中，緩緩浮動，她有些感慨地問：「你覺得……阿姨解脫了嗎？」

自殺有千百個理由，不管哪一個，卻都包含著「解脫」。

謝瑀童選擇用自殺來報復范允馨，是想讓自己從那樣不堪的生活中解脫；蘇洋當初接受不了梁酒酒死亡的打擊，想以自己的死一命抵一命，也是為了從那段悲傷與自責中解脫；李晴臻選擇以自殺換取江誠光未來的前途，其實也是給自己一個理由，從這樣反覆痛苦的毒癮折磨中解脫；就連江誠光也是，他何嘗不是用自殺的方式，讓自己從那樣孤獨又黑暗的世界中解脫？

但他們真的都解脫了嗎？

那她呢？她又是為了什麼而自殺？是不是也是為了從某種狀態或情緒中解脫？

江誠光眺望遠方，一望無際的大海是那樣澄澈，他的聲音被揉進風裡，聽起來有些虛幻。

「我終究不是她，也不可能知道這樣選擇的結果，是否就是她想要的。」

李晴臻在一夜之間失去了依靠，卻必須逼迫自己堅強，因為她還有一個兒子要養，而江誠光又何嘗不是在一夜之間長大？

李晴臻有沒有解脫江誠光不知道，他只是想，既然自己自殺之後來到了這裡，那麼當時李晴臻自殺後，是進入輪迴轉世，還是也去到了另一個以她為中心所創造的理想世界呢？

不管如何，這一次，他終於可以釋懷了。

「那你呢？」周思年反問。

周思年不記得自己是怎麼死的，又是為了什麼自殺的，所以她回答不出來這個問題，可是江誠光卻記得。

死亡讓你解脫了嗎？

江誠光牽起周思年的手，輕輕幫她撥整被風吹亂的瀏海，將一縷頑皮的髮絲勾到耳後，平時清冷的眼眸浸潤了些許暖意，他溫柔道：「我只知道，至少命運讓我在這裡遇見了妳。」

他其實也說不清自己自殺之後到底解脫了沒有？不過有一點他很確定，並不是說「自殺」這種行為多好，畢竟沒有人可以輕易評價別人的生命，同樣的，每個人的想法都不同，有時候活得長久也不一定就是幸福的，但如果當時他沒有選擇自殺，他和周思年就永遠不可能有交集。即使在這裡他要經歷不斷地失去，一次次承受那些悲傷痛苦，可是因為有她，那些難受似乎也變得不那麼煎熬了。

周思年，謝謝妳。

她可能不知道自己為他帶來了什麼，但江誠光卻很清楚，是周思年讓他重新找回了活著的意義，這原本灰濛濛的世界，也因她變得繽紛絢麗。

「擁有記憶」雖然讓他之後的每一次世界重置都無比痛苦，卻也因此讓他記得眼前這個有點倔強，卻固執地對他不離不棄，令他愛入骨髓的女孩。

還好，我記得妳。

第九章　世界重置

李晴臻的死亡因為涉及到毒品，最後還是被嗅覺靈敏的媒體當成社會事件報導了出來，但或許是因為周思年介入，意外改變了李晴臻的死亡方式，新聞報導的內容也跟著變得不同。這次裡面只提到死者的兒子回到家後，發現母親獨自一人倒在家中，送到醫院搶救後仍宣告不治，警方在死者房間內搜到毒品、自白書及遺書，初步判定是自殺。

因為多了那封遺書，毒品方面媒體反而沒有過多渲染，而是將重點放在了淒楚的家庭狀況以賺取大眾同情，只有警方在私下繼續調查。這樣的新聞比比皆是，剛開始看到難免會唏噓，但時間久了，熱度就被其他新聞蓋過了，並沒有引起大眾太多的注意。

李晴臻當初會去賭博不過是因為缺錢，後來欠得太多還不出來，賭場的人才用毒品控制她販毒還債，如今人死燈滅，李晴臻那些賭債在她生前早已用販毒賺的錢還清，甚至不知道多賺了幾倍回來，只是錢都進了幕後人的口袋。

因為李晴臻的死，緝毒大隊最近動作頻繁，那些藥頭更是不敢在這種時候自撞槍口，來找江誠光麻煩。或許李晴臻早就預料到會這樣，所以在最後替自己的兒子掃清了所有因她而起的障礙後，才放心離開。

學校的同學並不知道這起新聞事件的主角就是江家，所以江誠光依然正常上下學，沒有受到太大影響。

江誠光總能感覺自己身旁有一道小心翼翼的目光注視著他，並沒有讓他感到不舒服，相反的，他覺得心裡暖烘烘的。

「放心吧！我真的沒什麼事。」

雖然已經過了些時日，但周思年還是怕他想不開或心情煩躁，總是不自覺地側頭望向他。也不知道是她的目光太過熾熱，還是正中午的烈陽曬得讓人有些上頭，江誠光的臉頰看上去有些泛紅。

他輕咳了一聲，「不是有妳嗎？」

這一次換周思年臉紅了。

這樣不經意地撩撥才最令人招架不住啊！

周思年臉上的紅潤蔓延到小巧的耳朵，陽光正好從一旁的窗戶直射進來，將她耳上的細毛襯得一清二楚，粉粉嫩嫩的，很是可愛。曖昧的氣氛瀰漫在他們四周，將兩人圍在一個小天地裡。

江誠光一時間沒忍住，傾身在她唇上落下蜻蜓點水的一吻。

周思年錯愕地盯著他，那雙眼睛此刻盛滿狡黠的流光，似陽光灑落湖面那般波光粼粼，又像是滿天的繁星那樣熠熠閃耀。

她愣了幾秒才回神，倏地倒吸一口氣，雙手迅速摀住嘴巴，目光偷偷摸摸地將教室掃了一圈，確定沒有人發現角落的他們剛才做了什麼事，才朝江誠光睨了一眼，那眼神帶著羞憤和嗔怪，但江誠光卻覺得這樣的她比平時更加可愛。

*

畢業照已經發下來了，準畢業生們拿著紀念冊到各個班級和辦公室給朋友和老師簽名。高中生涯最後還有一個絕對不會缺少的活動，那就是謝師宴，周思年他們班就訂在這週末。

謝師宴顧名思義，主角是老師，為了感謝班導師這三年來為班級的辛苦付出，學生自發性一起請老師吃的一頓感謝飯，如果其他的任課老師有時間也可以一起來參加。

因為一班的人數扣除掉無法出席的也要二三十個，要全部坐在同一桌自然是不可能的，最後周思年他們班投票的結果是去海港自助餐廳吃到飽。

班長已經事先訂位，餐廳特地隔出了一個區塊給他們，後到的同學都自動去找平常班上比較好的朋友坐在一起，當然也有喜歡跟老師坐同一桌的。餐廳的位置在大樓的頂樓，這棟建築頂樓可以三百六十度旋轉，坐在裡面不會有什麼感覺，但窗外的景色會隨著方位不同而改變，從這裡眺望夜晚城市的風景，有種別樣的美麗。

周思年是和江誠光一起到的，他們挑了個靠窗的位置，班上有幾對像他們一樣的情侶也是兩兩找空位坐，其他同學們都識相地選擇其他座位沒有去打擾。

剛開始知道班上有人交往時，大家都是既羨慕又嫉妒，但越接近畢業倒數，眾人看待情侶的眼光就變得充滿同情，畢竟上了大學後大家各奔西東，遠距離會發生很多改變，誰也無法預料，就算是幸運考上同一所學校，科系不同，接觸的人群不同，分手的人也不在少數，能從高中一路牽手走進婚姻的，更是屈指可數。

周思年撐著頭望向窗外的夜景，一棟棟樓房就像積木一樣堆在底下，暖黃色的路燈大大小小地沿途閃爍，宛若黑夜中的指引，綿延到看不見的盡頭。

對面的江誠光將盤子放下落座，「在想什麼？」

「真希望時悅他們還在這裡。」

周思年看著其他桌三五成群的好友坐在一起，不免升起一些感傷和羨慕。如果他們五人都在，宇時悅一定會嘰哩瓜啦講一堆話，蘇洋又會吐嘈她，梁酒酒一臉不想理的模樣，卻總會在關鍵時刻拉住蘇洋，她和江誠光坐在一起相視而笑……想著想著，她忽然就有些鼻酸。

「人總是要面對分離的，不過是早一點或晚一點而已。」江誠光握住周思年放在桌上的手，安慰道：「或許離別，是為了更好的再見吧！」

周遭充斥著大家的歡聲笑語，他的話卻自動隔絕了一切嘈雜，清晰地傳進周思年的耳裡。

驀地，班長宏亮的聲音從座位中間傳來，眾人將目光朝他看去，他朗聲道：「來，讓我們一起敬老師一杯，感謝老師這三年來的諄諄教誨！謝謝老師！」

「謝謝老師！」

「感謝老黃！」

「老師我愛你！」

「老師我也愛你！」

「老師不能忘了我們啊！」

……

在場的所有人一起舉杯，觥籌交錯，一個個玻璃杯互相撞擊，敲出同樣清脆卻不同頻率的聲音，不同顏色的液體在各自的杯中搖晃，五彩繽紛，令人眼花撩亂，大家爭相向老師告白，還有些激動地衝上去和老師擁抱，那些平常在班上特別頑劣的男生竟也哭得一把鼻涕一把眼淚的，把在場的人逗得哈哈大笑。

長大是一件讓人既期待憧憬，又害怕不捨的事情。成為大人後確實可以做很多以前想做卻不能做的事，但也同時意味著，再也沒辦法用「年紀小」當犯錯的藉口，之後的每個決定，都必須為自己的選擇承擔。

雖然說是謝師宴，除了感謝老師之外，其實也是對青春的一場謝幕與道別。這樣的場合，即使試圖以歡笑盡可能忽略那些即將到來的離別，淡淡的憂傷仍如冬日凍人的冰霧，沿著窗戶的四周向中間攀爬覆蓋，在無形中，以不可抵擋的姿態蔓延開來。

散場時大家在餐廳門口讓服務生幫忙拍攝全班的團體照留念，周思年看著群組裡發的照片，有很多張看起來都一樣，但認真比對就會發現大家的動作都有細小的不同，有些瞬間有的人眼歪嘴斜，有些人沒看鏡頭，班長乾脆把所有照片都傳上來，讓大家自己挑選喜歡的留存。

周思年隨意地滑過去，手指驀然停住。那張照片看起來沒什麼特別，但如果細看角落就會發現，江誠光剛好側頭朝她看去，唇角眉眼都是溫和的笑。

周思年記得，當時她的瀏海有點亂，所以趁著空檔趕緊隨意地撥兩下，站在身旁的江誠光發現她的動作，自然地抬手幫她整理頭髮，沒想到那個瞬間剛好被拍了下來。

「在看什麼這麼專心？」江誠光問。

謝師宴結束後大家各自回家，周思年覺得吃得有點脹，看了眼時間還早，江誠光便帶她到附近的河邊散散步消消食。

「剛剛大家在餐廳門口拍的照片。」周思年邊說邊按下保存。

「給我看看。」江誠光一說完頭就湊了過去。

周思年下意識地護好手機，眼神有些飄，結結巴巴道：「你、你自己不是有嗎？」

「但我想知道讓妳看得這麼入神的是哪張。」江誠光似笑非笑，語氣揶揄道：「還是說……妳的手機裡有什麼不可告人的祕密？」

其實剛才周思年專注盯著手機裡的照片時，江誠光眼角餘光就已經瞟到了，那是他幫她整理頭髮的那張。照片裡那麼多人，別人可能不會注意，但人下意識第一眼就會找尋自己所在的位置，所以他和周思年一樣，一眼就注意到了同樣的地方，見周思年面色酡紅，他就忍不住想逗逗她。

「哪有。」周思年快步朝前走。

知道她是害羞了，江誠光目光含笑追上她，牽起她垂在身側的手緊緊握住，「知道了，我不看就是了。」

今晚的夜色格外美麗，黑幕下是滿天繁星，月亮皎潔高掛，獨自孤傲一隅，清冷出塵，如一幅眾星拱月的畫。

他們誰也不願主動提起那個殘酷的真相。

就讓這樣的美好持續得再久一點吧！

安逸總是會讓人容易忘卻一些即將到來的悲傷，但時間卻仍靜悄悄地殘忍向前，一刻也不曾停留。

*

最近的治安似乎不太安穩，這幾日的新聞常常出現許多流血事件，有些是蓄意的，有些是不小心的，有些是因為衝突引起的，最讓人害怕的是那種「沒有原因」的。一開始各家都人心惶惶，但畢竟是隔著一個屏幕得知消息，總和自己有點距離，感受到底不深刻，時間久了，終究是將這些案件當成一個角落的故事拋在腦後。

今天是周思年的生日，她自己倒是忘了，是周競岩和黃慧敏提起她才知道的。照理來說，自己的生日如果忘了，經過旁人的提醒應該也是會想起來的，但她的腦中就像是沒有這個資訊一樣，不是不記得，是根本不知道。

「妳才多大呀！記憶力就這麼差。」周競岩好笑地搖搖頭，不知道該說什麼。

「可能是前陣子讀書用腦過度吧！所以就說該給她補補……」黃慧敏一邊碎念一邊走進廚房看看她在瓦斯爐上煲的湯。

見周競岩拿著車鑰匙準備出門，周思年在他身後問：「爸爸，你要去哪裡？」

媽媽說今天是她十八歲的生日，格外重要，畢竟人的一生只有一次，是正式成為大人的日子。雖然也就他們一家三口，但黃慧敏打算煮一大桌的拿手好菜，好好替她慶祝紀念。

「爸爸給妳訂了生日蛋糕呀，現在要去蛋糕店拿。」

假。」

「我跟你一起去！」周思年興奮地穿上鞋子跟了上去。

黃慧敏從廚房裡朝外喊道：「你們父女倆記得別在外面溜達太久啊！」

周思年坐在副駕駛座，車裡放著她最喜歡的偶像的歌，她隨著旋律輕輕地哼著。

停紅燈的時候，周競岩笑著問她：「思年，有沒有特別想去的地方？爸爸這週末剛好排了幾天假。」

「咦？真的嗎？我想想啊。」周思年撐著下巴認真地思考起來。

「不過現在要辦出國的話可能太趕了，如果真的想出國，暑假我們全家再一起去吧！其他國內任何地方，只要妳想去的都可以。」

周思年的心裡忽然有股暖流流過，緊接而來的是淡淡的哀傷。恐怕她是等不到暑假了，六月五日就是學校的畢業典禮，也是她和江誠光自殺的日子。沒有意外的話，過了那天，這個世界就徹底崩塌了。

但最後她還是什麼都沒說，盡量不讓自己去想這件事，「嗯……我想去離島，哪個都可以，聽說離島的海都很漂亮，浮潛時還能看到很多海洋生物呢！」

「好，那爸爸去安排。」

這次周思年的生日蛋糕是在一家比較遠的蛋糕店訂的，周競岩說是他上網查的，口碑不錯，很多人推薦。周競岩將車停在大馬路的斜對面，和周思年一起下車。

這間蛋糕店確實很隱密，小小一間坐落在巷子內，門口就一塊木製招牌，在漆黑的夜晚尤不明顯，如果沒有路燈的微光甚至都很難發現。

周思年推開門，門上的風鈴叮咚作響，清脆悅耳，裡面的店員聞聲親切招呼：「歡迎光臨。」

店裡除了各種蛋糕之外，旁邊的架上還有賣一些精緻的麵包，空氣中香氣四溢，讓人忍不住口水直流。

「您好，我們是來拿預定的蛋糕的。」

「周先生嗎？」

「是。」

「稍等一下喔！」片刻之後，店員從裡面拿出了一個包好的蛋糕盒，「請問蠟燭要幾歲呢？」

「十八歲。」

「好的。」店員將數字一和八的蠟燭連同塑膠叉、紙盤放進外袋裡，看了眼周思年問：「這是您的女兒嗎？」

「對，今天就是她生日。」

「真的嗎？生日快樂！」

面對一個陌生人的祝福周思年還是有些害羞，緋紅著臉笑道：「謝謝。」

「謝謝光臨。」

門上的風鈴再度響起，周思年和周競岩一起離開。

蛋糕拿在周競岩手上，周思年口袋裡的手機震動了下，是黃慧敏傳訊息過來，問他們要回來了沒。

周思年讀著訊息，不知不覺腳步慢了一點，稍稍落在周競岩的後面。

「思年，在幹嘛呢？走路不要看手機，會跌倒的。」周競岩回頭道。

「知道了，媽媽傳訊息來呢！」

巷子內的路燈間隔一小段距離才有一個，似乎有些老舊，忽閃忽閃的。周圍寂靜無聲，前方有個穿著黑色連帽外套的人低著頭朝他們的方向走了過來。

周思年正專注地敲打手機回覆訊息，突然，手機屏幕上有個黑影閃過，僅僅是一瞬間，她沒怎麼反應，等訊息傳出去之後她才鎖上屏幕放回口袋，抬頭朝前方道：「媽媽叫我們……」她話說到一半驟然停止。

只見前方的周競岩右手拿著蛋糕，整個人彎腰跪在地上，一語不發。

「爸爸！」周思年趕緊跑到他身邊，映入眼簾的是周競岩蒼白的臉色，他的另一隻手壓在腹部的位置。

她顫抖地問：「爸爸，你怎麼了……」周思年什麼都還沒看清，下一秒，周競岩整個人就倒在她身上，她下意識伸手去扶，卻摸到了滿手黏膩。

巷子裡的燈光太過昏暗，她顫顫巍巍地把手拿起來，入眼先是一片黑色，慢慢地變成怵目驚心的血紅，剛剛她沒有注意，如今才驚覺，那瀰漫在四周的腥味不是別的，正是血的味道。

鮮血不斷地從傷口中湧出，無聲地往外流淌，即使周思年幫忙按著，但地板上也已經積了一小攤的血，而且沒有止住的趨勢。

「爸爸！你怎麼了？你別嚇我啊！你說話呀！……」周思年是真的慌了。到底怎麼回事？她不過是低頭看了下手機，傳了封訊息，再抬頭時怎麼就變成了這樣？

她猛然想起剛才那道黑影——對！雖然她在打字，但還是隱約能感覺到四周動靜，當時是一個人從她身旁走了過去！是他！一定是他！

剛剛一點聲音都沒有，估計周競岩也是突然被捅了一刀，根本來不及反應，才會沒有叫出聲音。

周思年立刻抬頭四處張望，但除了她和周競岩兩人，什麼人都沒有，剛才唯一亮著燈的蛋糕店也已經熄燈拉下鐵門，整條巷子靜悄悄的，黑夜裡的寂靜伴隨著恐懼不斷在心中擴大。

那個人是誰？他為什麼這麼做？

「思年……」

那一聲嘶啞的輕喚令周思年渾身一僵，像是一把鑰匙，終於開啟了在記憶深處那塵封許久的潘朵拉盒子……

一個個畫面爭相衝破而出，在周思年的腦海裡四竄，一幕幕就像是電影放映被按了快進那樣快速播放——

靜謐的巷子驀地響起一道清亮的歌聲，周思年胡亂地從口袋裡摸出手機，看了一眼來電顯示，手指顫抖著點了好幾次才成功接起，還沒等對方出聲，她已經先哭了出來：「江誠光……」

醫院。

江誠光本來是想打電話給周思年和她說生日快樂的，誰知道一接起來就聽見她嚎啕大哭，他試圖讓她冷靜，從她慌亂的話語中大致了解情況後立刻打了電話叫救護車。那時江誠光終於知道，時間軸上關於周思年的那個未知的日期與事件，原來就是周思年的生日——五月二十七日。

周競岩遇害。

江誠光先一步到了最近的醫院，在急診室門口卻遲遲沒等到周思年和周競岩，詢問了急診室的櫃台才知道，救護車在中途遇上了車禍，只好又換另一輛出發救援，但這一來一回就耽誤了不少時間，好不容易等到周競岩乘坐的救護車到了，他滿身是血從車內被抬下來，醫護人員迅速上前接手推進手術室。

黃慧敏還在趕來的路上，手術室外的走廊裡，江誠光陪著周思年坐在椅子上等待。整條走廊靜默無聲，天花板上的日光燈明晃晃地照下來，周思年的衣服全是血，不過不是她的血，而是周競岩的血。她的臉上掛著淚痕，面無表情的模樣讓人有些害怕。

江誠光不敢驚嚇到她，他知道那種感覺，看著親人在自己面前倒地，那種心理刺激不是每個人都可以承受的，他想他或許有點明白，為什麼他和周思年都來到這個同樣的灰色世界了。

除了他們所追求的是一樣的之外，他們的遭遇在某方面來說也是相似的。他們都是在同一天死亡，他親眼目睹李晴臻在自己面前自殺而被送進手術室，周思年也是眼睜睜地看著自己的父親被人捅刀，卻來不及阻止。只是這一次，周思年死活賴著他不走，而現在，換他陪在她身邊了。

良久，周思年似乎終於平復了情緒，她緩緩開口，聲音像是森林裡飄渺的霧，讓人抓不住，但那一字一句，又如破曉的鐘聲那般，餘音迴盪，驚起白鴿無數。

「我全部都想起來了。」

江誠光牽著她的手倏地一緊。

原來的周思年和江誠光一樣，都是個孤獨的人。江誠光是因為身體孱弱，加上自閉症的關係，所以總是一個人，而周思年是本來就個性膽小內向，久而久之，成了容易被同學霸凌的對象。

一直以來周思年都獨來獨往，不會特別去和別人交流，因為周競岩工作的關係需要常常搬家，好不容易和同學熟了之後又要換到新的環境，這個年紀的青少年如果沒有特別聯繫，時間久了自然就變得陌生，後來她便漸漸不喜歡交朋友了。

周思年很早熟，因為她性子沉悶，幾乎不會反抗，所以國中時期班上的男生就特別喜歡捉弄她；其他女生覺得她很孤僻，也不愛和她說話，甚至有時候看見她被男生欺負，還會在一旁笑話。那些同學也只是在嘴皮子上逞逞能，偶爾小打小鬧，從沒有實質性地做出什麼太惡劣的行為，在她的身上弄出什麼傷痕，周思年從來就沒有跟父母說過，他們也就以為她在學校一切安好，所以也沒有特別留意。

真正發生事情是在她國二運動會的前一天。

這個年齡階段的男生對「性」的一切事情最是好奇，講話會開黃腔，偷看色情片的亦是不少，有時候甚至趁老師不在教室時用手機放那些影片，將聲音開到最大，一群男生圍在一起對著手機嘻嘻笑笑，整間教室都充斥著影片中的低吼和呻吟，彷彿連空氣都充滿了淫靡的味道。

那天回到家後，周思年整個人很不對勁，周競岩和黃慧敏試圖和她說話，她也不回答，隔天早上黃慧敏進房間叫她起床，她整個人躲在被窩裡，悶悶地回一句：「我不想去學校。」

黃慧敏以為她是小孩子心性，沒有睡飽所以想賴床，剛開始還好聲好氣地哄，但周思年依然把自己裹得緊緊的，頭都不肯探出來，後來黃慧敏也有點生氣了，她想大力地掀開被子，沒想到周思年卻死死攢著說什麼都不放。

周競岩聽到動靜上樓，看見妻子和女兒一個臉色鐵青站在床邊，另一個頂著一頭亂糟糟的頭髮坐在床上，兩人對峙著，氣氛劍拔弩張，只要一點星火似乎就會爆炸。

周競岩知道孩子不能慣，容易寵壞，所以下意識就站在黃慧敏那邊，卻沒深想平日裡的周思年總是乖巧聽話，從來沒有像今天這樣反常。

周競岩板起臉，伸手想將周思年從床上拉起，「思年，聽話，不要耍脾氣，再這樣妳就要遲到了。」他也以為周思年是因為起床氣所以鬧脾氣，卻沒想到她竟大力地甩開他的手——

「我說我不要去學校！我不要去學校！」就像被切到了某個開關，周思年的情緒驟然失控，她尖叫著、大吼著，周競岩跟黃慧敏趕緊上前壓制她，拉扯期間無意間瞥見了她手腕內側有好幾條橫向的疤，怵目驚心，這時的他們才終於意識到了事情的嚴重性。

醫院裡，周思年被帶進診間，除了她之外，只有女醫生和一名護士。護士給她戴了個眼罩，眼前頓時陷入一片漆黑，但周思年沒有像尋常人一樣興奮或是緊張，只是安安靜靜地坐在那裡。這樣的黑暗隔絕掉了周圍一切的嘈雜和紛擾，對她來說反而令她安心無比。

醫生先是溫柔地問了一些瑣碎的小事，周思年會挑著回答，不想說就不說話，醫生也不勉強，直到切入主題，問了她昨天發生了什麼，周思年原本還很放鬆的身體立刻背脊打直，渾身僵硬。說出口的話有可能是謊言，但身體的反應卻是最真實的。

這段問診時間很長，等到周思年出來後，醫生才將周競岩和黃慧敏叫了進去。

「她的防備心很重。」醫生道。所以周思年的問診時間才特別長，這段過程必須循序漸進，如果太過逼迫反而會造成反效果，不過好在最終總算是問出昨天發生了什麼。

其實周思年對昨日的事情還有恐懼，依舊沒有辦法清楚地說出來，她有試著開口，但話到了嘴邊卻彷彿自動消音一般，那種噁心的感覺鋪天蓋地地向她席捲而來，讓她根本沒有辦法完整地表達。

最後醫生換了另一種方式，只要她說對了，周思年便點頭，說錯了便搖頭，如果無法用這兩種回答的就讓她用寫的，這才總算拼湊出了事情的始末。

昨日下午是學校運動會預演，各班都頂著烈日在操場上聽台上的師長們說話，學生們哪裡能安分站在原地那麼長時間不動，有的排在隊伍後面的同學早就已經三五成群聊起天，有的甚至坐在地上休息，還有的拿著手上的紙本遮陽或搧風。周思年排在靠後面的位置，她只是安靜地站在隊伍裡，並沒有加入其他女生的聊天。

她旁邊剛好站著班上那群喜歡開黃腔的男生，那幾個男生拿著手機交頭接耳，她沒有理會，不過操場就這麼大，每一班的位置有限，空間本來就窄，她雖然有些厭惡煩躁，卻也沒地方閃躲，只能盡量縮小自己的存在。

突然，那群男生裡的其中一人叫了她的名字：「欸，周思年。」

她抬眸望去，而接下來發生的事，她至今都忘不了。

他們對她說著那些噁心又汙穢的字眼，其實在班上偶爾也能聽到他們私底下說這些話，只是從來沒有像現在這樣專門對著誰說，旁邊的幾個同班的女生聽見非但沒有制止他們，甚至跟著一起笑了起來。

隔壁班級的同學都在聊天，根本沒有人注意到這裡發生了什麼，周思年感覺自己彷彿渾身赤裸地站在他們面前，周圍的聲音刹那像是被誰抽走了一般，耳邊嗡嗡作響，那一雙雙眼睛盯著她，每個人的嘴唇開開合合，眼前的一張張臉好似變成一個個魔鬼將她團團圍在其中——

「噹噹噹噹——」直到鐘聲敲碎了這場夢魘。眾人背起書包各自離開，沒有人知道，她是多麼感謝突然響起的鐘聲，但那些噁心的話語依舊在她耳邊不斷繚繞重複，怎樣都揮之不去。

如今再想起來，其實就是當時的男生性格頑劣了些，要是長大後再聽到這些話，她或許頂多就是皺皺眉頭，不會放在心上，但是那種感覺即使是到了現在還是令人感到噁心作嘔，至今都無法忘懷。

經過一連串檢查之後，醫生證實，周思年是憂鬱症。

這個答案對周競岩和黃慧敏來說實在太過衝擊，他們以為周思年就只是性格內向了點，她總是乖順聽話，幾乎沒有讓他們操心過，平時問她在學校有沒有發生什麼事也都說沒有，老師更是不曾打電話來說過她有什麼狀況，他們平日工作忙碌，也沒有特別注意，卻沒想到，她這樣的安靜已經到了不正常的地步。

「她長期失眠，你們知道嗎？」

周競岩黃慧敏兩人震驚之後是雙雙沉默，無言以對。

如果不是今天周思年情緒激動鬧著不肯去學校，意外露出了手上自殘的疤，他們甚至到現在都不知道她已經生病了。

「我聽她說，因為周先生工作的原因，你們很常搬家是嗎？」

周競岩點頭道：「是。」

「如果可以，我建議你們暫時不要再搬家了，剛剛和她的對話中我可以感受到她對這件事其實非常抗拒，新環境的未知會給她帶來恐懼。」

黃慧敏克制不住地紅了眼眶，哽咽地道：「她從來都沒有跟我們說過……」每次搬家周思年都是平靜地接受，她從來沒有對這件事提出異議過。

「恕我多嘴一句，工作雖然重要，但孩子的情緒是很容易波動受影響的，她需要的不僅是你們的愛和期待，還有你們的關心。」

周競岩和黃慧敏身為父母雖然失職，但到底還是愛她的，不然就不會著急得立刻帶她到醫院檢查，只是讓黃慧敏傷心和自責的是，這些話是從醫生的嘴中聽到的，而不是周思年自己和他們說的。

可轉念一想，她的個性本就比較沉默，可能是不想他們擔心，所以才總是什麼都不說，也因為他們把她的「成熟穩重」當作理由，才會直到現在才發覺異樣。若是他們其中一人多關心她一點，哪怕只是一點點，或許事情就不會發展到這個地步。

當天從醫院回家後，周競岩和黃慧敏立刻就打電話給班導，這件事情給周思年帶來很大的影響，身為父母在面對危險時就會化身最凶猛的野獸保護自己的孩子。因為與「性」扯上關係，事件重大，學校需往上呈報，校內召開了性平大會，同時也因為這件事，周競岩和黃慧敏才知道周思年每天在學校過得是什麼樣的日子，除了自責愧疚之外，更多的是心疼。

剛好國二的課程也到了尾聲，緊接著就是暑假，周競岩和黃慧敏幫周思年請假入院治療，剩下的期末考學校同意讓她在醫院考試，他們兩人商量過後也決定幫周思年轉學。

周思年這次倒是真的沒有意見，她不想再待在這個烏煙瘴氣的班級。因為學校的人數太多，其他班都沒有空缺，轉班是不可能了，索性就直接轉到附近的其他學校，雖然國三開始就要準備考高中了，實在不適合在這個時候轉學，但現在這個學習環境別說是周思年不願意，周競岩和黃慧敏也不放心。

離開並不是逃跑，那是尊重自己。有些委屈必需要學習承受，但有些卻可以主動轉頭，還自己一個自由。世界這麼大，總是有容得下你的地方。

這次周競岩和黃慧敏有先徵求周思年的同意，雖然通車要多十幾分鐘，但好在也不是太遠，他們也跟周思年保證，直到她高中畢業為止都不會再搬家了。

周競岩和公司申請換了工作單位，這樣就不需要一直外派到不同地方，黃慧敏是補習班老師，她推掉了手上一些班級的課，花更多時間來陪伴周思年。

周思年的情況發現得早，只是輕症，經過半年的時間，恢復狀態不錯，不過個性倒是一如既往，但她本來就不是那種外向活潑的人，倒也沒有什麼大問題，國三開學後她就正常去上課了。

新的學校和環境周思年都適應得不錯，雖然相對其他同學來說還是比較內向沉默，但也沒有人再欺負她。她的狀況一直維持得很好，只是這種心理疾病不是痊癒後沒事了，這樣的人情緒比普通人敏感，好的時候沒事，壞的時候卻會比一般人更糟糕。高三的那年，周競岩遇害就像在那條安靜許久的引線上點了火，讓她的憂鬱症如猛爆式的火山再次復發。

周思年閉上眼，腦海中的回憶與剛才那一幕重疊。那時的場景就和今日一樣，為了慶祝她十八歲生日，周競岩帶她去蛋糕店拿預定好的蛋糕，回程的路上她顧著回覆黃慧敏的訊息，一切發生得太快，沒有一點聲音，她根本沒有意識到危險靠近，直到再次抬頭望去，周競岩已經倒臥在地。

寂靜的巷子裡，鮮紅的血流了滿地，看起來毛骨悚然。周思年急急忙忙地打電話，上天卻像是給她開了個玩笑，救護車在路上出了車禍，只好又重新派一輛過來，但這中間已經耽誤了太多時間。

黃慧敏到了醫院，見她一個人坐在手術室外的椅子上發呆，或許是太過焦急，她衝上前按住她的肩，顫抖著聲音問：「思年，妳告訴媽媽，到底怎麼回事？爸爸怎麼會受傷呢？嗯？」

今晚周思年也受到了不少的驚嚇，面對這樣的質問她張了張口，卻一句話都說不出，見她只是睜著通紅的雙眼望著自己，黃慧敏心裡著急，說話的語氣也變得銳利：「那、那個人長什麼樣妳總有看到吧？嗯？妳不是和爸爸一起去的嗎？妳當時不就在他旁邊嗎？妳說話啊！」

周思年不敢說，因為她專注在手機上打字，根本沒注意到旁邊發生了什麼，別說是兇手的臉了，她連那個人的身影高矮胖瘦都沒看見，詭異得出奇，要不是她很確定當時一閃而逝的陰影是有人經過她身邊，她甚至都不知道兇手的存在。

黃慧敏瘋狂地搖著周思年的肩膀，她瘦瘦小小的身子宛若風中蕭瑟的樹葉，堪堪掛在枝頭，好似再來一陣輕微的風便能將她吹落。

最後還是兩個警察跑來將激動的黃慧敏拉開才解救了周思年。

周思年就這樣安靜地坐在椅子上，像個沒有生氣的布偶娃娃，警察問什麼她就答什麼，看起來一切正常，但誰都不知道，她心中的情緒早已如狂風暴雨般掀起驚滔駭浪。

黃慧敏望著她的眼神，還有那一聲聲地質問，都像是對她的無聲指責，在她的腦海中不斷地徘徊放大，面前那一張張臉漸漸變得猙獰，熟悉的恐懼再度從四肢百骸蔓延上來，她卻無處躲藏。

其實在事情發生之後，周思年自己已經很自責了，她不只一遍地想：如果她不急著看手機；如果她一直走在周競岩身邊，而不是落在他身後；如果她早一點發現異樣，是不是事情就不會變成這樣？

但現在說這些都於事無補了。

周思年又開始失眠了。

她是現場唯一的目擊證人，偏偏什麼都沒看到，幾乎沒有提供任何線索，警方去調閱現場的監控錄像才發現那裡的監視器早就壞掉了，案情就此陷入膠著。

周競岩的遇害和最近不斷出現的幾起隨機殺人事件相似，警方將這起案件也連同在其他各地發生的案子併案處理，他們不排除兇手是同一人所為，倘若真是這樣，那麼這就是一起連環殺人案。但依照目前的情況來看，其他的受害人男女老少皆有，調查下來發現彼此都是陌生人，並沒有明顯關聯，別說住的地方有些相差甚遠，甚至連職業、交友圈等等都沒有一人重疊，一時之間竟無從查起。

媒體的嗅覺很靈敏，當天半夜各大報社便緊急安排重新寫稿，隔天一早新聞就大肆報導，聳動的標題和內容立刻在民眾間傳開，大家又開始人心惶惶。

即使重來了無數次，江誠光依舊沒能救活自己的母親，在過去的一遍遍裡，周競岩遇害時，她也是如此。

周思年在心裡苦笑，同時又有一點釋然，她想，她大概懂得為什麼江誠光就算恢復了記憶也不願離開的理由了。

如果她和江誠光兩人互換，變成她先知道了真相，她一定也會做出同樣的選擇。

哪怕是希望渺茫，但只要能重來，就代表還有機會改變結果，不是嗎？

但江誠光直到現在都沒有成功，周思年心裡也隱隱明白，不論重複多少次，她也一樣不可能做到。

這就是人生。

月有陰晴圓缺，人有悲歡離合。幸福圓滿的同時也一定會有遺憾，總有一些事情的發生是你無法抵擋的，何況是要改變「關鍵」的過去。

真相都是殘忍的，現實都是殘酷的。如果李晴臻沒有自殺、周競岩沒有遇害，江誠光和周思年就不可能在死後相遇，更不可能在這裡重獲新生，收穫友情，愛上彼此。

周競岩在當天晚上就因失血過多，宣布搶救無效。

之後周思年照常去學校，沒有人看出她有什麼異樣，黃慧敏忙著處理周競岩的後事也無暇顧及她，雖然知道並不是周思年的錯，但心理對她多多少少還是有些怨，那幾日回到家都對她冷著臉。

因為最近這幾起案件已經引起民眾的高度恐慌，政府極度重視，要求警方限期破案，但兇手或許是知道這次影響甚大，已經好幾天沒有其他動作，只能從之前其他案件中的目擊者提供的訊息再次排查，期盼有什麼重要的資訊是之前遺漏的，所幸皇天不負苦心人，五日後總算鎖定了幾個嫌疑人，不過這些都是警方的內部動作，偵辦過程不對外公開，所以受害家屬和其他民眾還有各大媒體也只是知道此案尚未偵破，兇手仍然消遙法外，看起來並無新的進展。

在距離周競岩遇害的第十天，也就是周思年高中畢業典禮當天，她終是受不了心裡的愧疚、自責，還有成日失眠的煎熬，選擇從學校頂樓跳樓自殺。

周思年冷靜地說完那段過往，如果不是確定這是真實發生過的，而且主角不是別人，江誠光還以為她只是在說一個自己編撰的故事而已。

但歷史總是驚人的相似，江誠光只是握著她的手，還來不及說些什麼安慰她的話，匆忙的腳步聲就從遠處傳來，他抬頭望去，是黃慧敏。

＊

手術進行到一半，一位護士急急忙忙地跑出來問：「誰是周競岩的家屬？」

黃慧敏立刻站起來，「我是他的妻子，請問我先生現在的情況怎麼樣？」周思年也跟著起身走到護士面前。

護士嚴肅道：「我們醫院的血庫告急，你們有誰可以捐血？」

黃慧敏急忙道：「我是O型血的。」

「那好，快點跟我來吧！」

周競岩B型血，黃慧敏是O型血，周思年雖然也是B型血，但她的體重太輕沒辦法捐血，而江誠光是AB型血，屬於萬用受血者，只能捐給AB型的人，最後只有黃慧敏符合。

江誠光上前和周思年一起看著眼前手術室上亮著的刺目紅光，他低聲道：「會沒事的。」

剛才黃慧敏趕到時就像之前的每一次一樣，她一走近就急忙想找周思年質問事情發生的經過，但這一次有江誠光在，所以並沒有原先那些瘋狂拉扯的事情出現，黃慧敏還想說些什麼，江誠光的提醒讓她恍然想起，周思年也受了不小的驚嚇。

身為一個母親，現在最重要的並不是指責她的女兒，當下目睹一切的她肯定比自己還難受，黃慧敏雖然依舊思緒混亂，但也逐漸冷靜下來，她沒辦法安慰周思年，卻也沒有再逼迫她。

周思年站在原地，等到黃慧敏和護士走了之後才訥訥開口，像是在問江誠光，又像是在自言自語：「你知道那種感覺嗎？明知道事情的結局，卻只能眼睜睜地看著，無能為力，做得再多都只是徒勞而已。」

就像是上天開的一場玩笑，救護車晚到，血庫告急……一件件一樁樁都彷彿冥冥之中就注定好的，而她卻什麼都做不了，哪怕重複經歷了無數遍也是一樣。

江誠光知道她問的是什麼。他怎麼會不知道？一次次的世界重置，這樣的事情他和她經歷一樣多遍，而他擁有比她多次的記憶，即使在其他人身上，他早已學會心如止水，但面對母親倒在自己面前的那一刻，他依然無法客觀冷靜地面對。

其實他們都明白結果是什麼。

「不一樣的。」江誠光扳過周思年的身體，沉沉的目光披荊斬棘，直直望盡她眼底的最深處，聲音帶著不容抗拒地堅定：「這一次，換我陪著妳。」

或許結局我們依然無法扭轉，但這一次，我會陪在妳身邊，讓妳不再是一個人。

那些烏雲總會散去的。

黃慧敏回來後手術又進行了好幾個小時，周競岩是脾臟破裂，腹部的傷口很深，加上送來時耽誤太久，失血過多，雖然經過一整晚搶救，最後仍因循環衰竭，在凌晨一點時宣告不治。

手術燈熄後，醫生走了出來，遺憾地告訴他們這個消息，黃慧敏瞬間腳就軟了，跌坐在手術室外哭得不能自已，反倒是周思年，她對這樣的結果並不意外，或許是早就預料到了，所以她沒有哭，只是站在黃慧敏身後，大腦一片空白。

江誠光也紅了眼眶，周競岩對他很好，雖然他們沒有血緣關係，但因為有周思年，在這個世界裡，他就像他的另一個爸爸一樣，這樣的結果到底令人不甚唏噓。

眼前的女孩依舊挺直著身板，靜靜佇立在那裡，宛若一座石雕。江誠光知道她心裡很難過，只是什麼情緒都習慣咬碎了牙往肚裡吞，從不輕易表現出來，其實骨子裡的她還是那個原來的周思年，倔強得令人心疼。

之前的每一次為了讓灰色世界順利重置，江誠光都照著原來的故事走向去執行，在李晴臻自殺後他就沒有再在學校出現過，自然也和周思年徹底斷了聯繫，等到畢業典禮那一天才在海邊獨自一人結束自己的生命，所以今天發生的這些一直都是周思年自己面對的，但這一次既然有他在，他就不可能丟下周思年一個人。

周思年的眼前驀地一暗，一隻手遮住了所有的光，接著她感覺到手腕上一股巧勁，一個轉身落入了一個溫暖的懷抱裡。她還沒來得及反應，耳畔就響起那道溫柔的聲音：「想哭就哭吧！」

就這樣躲在我懷裡，誰也看不見妳脆弱的模樣，盡情地哭吧！

江誠光感覺到周思年的睫毛像蝴蝶的翅膀快速地拍動了幾下，慢慢地，手掌心裡感受到一點點微微地濕潤，然後他聽見一聲低低地呢喃，幾不可聞：「謝謝。」

謝謝你，至始至終都沒有離開。

或許不論重來多少遍，都無法改變既定的過去，但因為有你，它不再是那樣冰冷，令人難熬。

謝謝你，江誠光。

你的出現，終究讓我的世界，發生了微小卻重要的改變。

*

周競岩的遺體在七日後就火化了，黃慧敏雖然心痛丈夫的死亡，但也沒有忘記自己還有一個女兒要照顧，好在周思年不用她操心，這些日子反倒更像是她在照顧著自己。

剛開始黃慧敏的確不知道該怎麼和周思年說話，甚至無法和她待在同一個空間裡。周思年是她和周競岩的孩子，長相定然和他們有幾分相像，都說兒子像媽，女兒像爸，從小到大，在親戚和其他人口中，周思年確實長得更像周競岩多一點，所以現在只要看著她，就會讓她想起自己的丈夫，再一想到女兒是和丈夫一起出去，最後卻只有她一人回來，而她明明在現場卻什麼都無法說清，她就沒有辦法那樣坦然無怨地面對她。

周思年不急，這種事也急不來，她知道自己的時間不多了，這次有了江誠光的介入，黃慧敏的態度比以往的任何一次都要和緩，這已經讓她很欣慰了。
至少她知道，黃慧敏不是厭惡她、憎恨她的，這就夠了。
處理完周競岩的喪事之後，距離畢業典禮只剩下兩天了，周思年瞞著黃慧敏偷偷向學校請了假，打算和江誠光一起完成那些他們還沒有做過的願望清單。
如果明天就是世界末日，你想做什麼？
他們先是一起到了之前五個人最常去的那家冰店吃冰，吃完後又去看了電影，晚上再去江誠光的祕密基地和他一起看貓咪，享受了一下午的寧靜。隔天天氣很好，他們決定帶著元寶去公園玩。元寶在周思年家住了幾天後也和周思年熟稔了起來，還會主動湊到她身邊，每次這時候江誠光就會叫牠「小叛徒」。
周思年坐在野餐墊上，看著不遠處的江誠光用力把球朝遠方丟去，元寶歡快地衝去將球咬回來……歲月靜好，說的就是這樣吧！
這幾天他們兩人都很默契地不提起世界即將崩塌的事情，好似只要不說，那一天就永遠不會到來，可是他們比誰都清楚地知道，日子一天天在倒數，即使他們停留在原地，時間依舊以不可抵擋的姿態不斷前行，誰也無法阻攔。
二〇二〇年六月五日。
學校的禮堂裡，所有的高三畢業生穿著制服，胸前別著一朵寫著「畢業生」的胸花坐在台下，聽著校長、教官、主任分別上台致詞，祝畢業生們鵬程萬里、心想事成，有些還感慨地發表了長篇大論。

以往這樣的師長總是會被學生們白眼，但或許因為這是青春生涯中的最後一次，同學們竟也都寬容接受了，有些甚至還偷偷啜泣了起來。中間陸續頒發各個獎項還有社團的餘興表演節目，最後由畢業生代表上台領取畢業證書。

冗長的儀式中，回憶三年的過往卻只有短短的一瞬，有歡笑、有淚水，那些記得的、不記得的，最後都在司儀的那一聲：「禮成，奏樂！」劃下了句點。

天花板上無數顆禮花砰的一聲紛紛飄下，有的人三五成群地抱在一起，訴說離別的話語；有的人跑去和師長合照留念；有的人鼓起勇氣，抓住青春最後的尾巴，勇敢地向喜歡的人表達心意。

周思年和江誠光沒有在現場逗留太久，因為他們沒有時間哭泣，也沒有時間感傷，只有不停地和時間賽跑，把握最後這一點偷來的時光。

江誠光騎著車載著周思年到他自溺的那個海邊，按照原本的事情發展，周思年和江誠光這時都已經相繼自殺，慶幸的是，目前這個灰色世界還存在著，現在的他們也還活著，只是誰也不知道什麼時候就會崩塌。

今天的天空很藍，幾朵白色的雲點綴在其中，正午的烈陽一如既往地耀眼，他們兩人都脫了鞋，肩並肩站在沙灘上。海浪一波波地打上來，一次又一次漫過他們的腳踝，鼻息間都充斥著海水鹹淡的味道。

「妳還有遺憾嗎？」江誠光問。

周思年瞇著眼看向遠方的大海，有些感慨道：「可能是沒辦法親眼看見殺害爸爸的兇手被警方逮捕吧！」

在原來的世界裡，這起連環殺人案直到周思年死亡時都沒有破案，所以她一直不知道兇手是誰。即使世界重置，時間重來，周競岩遇害的結果一樣不可逆轉，她等不到破案的那天，所以依然不會知道兇手是誰。

「那妳後悔嗎？選擇停止世界重置。」

「不後悔。」周思年抬頭望盡那雙漆黑深邃的眼眸，輕笑著說：「就像我不後悔在這裡認識你、愛上你一樣。」

所有事情皆有因果，如果遺憾必然存在，那麼至少，我們曾經相愛。

「你呢？後悔嗎？」周思年問。

後悔聽我的話，做出讓世界停止運轉的決定嗎？

「不後悔。」

曾經的執著讓江誠光一遍又一遍承受著巨大的痛苦留在這裡，但這一次因為有了周思年，雖然他仍舊沒能救回李晴臻，卻找回了那個愛他的，同時也是他最愛的媽媽。

還有一個原因江誠光沒有說——他可以讓自己忍受記得所有的痛苦，卻捨不得看著周思年也陷入同樣的折磨。

正因為他知道那種感覺，所以他更不可能讓周思年也體會那種一遍遍重來，一遍遍得到，再一遍遍失去的感受。就像之前周思年不知道真相，他也希望她永遠都不要想起來一樣。

如果留下的代價是將她也拖入萬丈深淵中，他寧願放手，讓他們都解脫。

或許再也見不到彼此，或許再也不記得對方，至少他們都愛過，擁有這段回憶就夠了，哪怕可能一個轉身，他們就將這裡的所有都忘了。

江誠光牽著周思年的手沿著海岸邊散步，沙灘上剛印下的腳印轉瞬間又被湧起的海浪抹去，就好像每一次世界重置，他們的痕跡也被抹得乾乾淨淨。

周思年的眼底似有水光閃爍，她有些迷茫地問：「欸，江誠光，你覺得我們還有可能再見嗎？」

不可能。

「會的，總有一天。」

下輩子什麼得太遠，輪迴這種說法又太玄，但江誠光還是這麼說了。他想讓周思年相信，也想讓自己相信，總有一天，物換星移，春去秋來，他們一定會再相見的。

「那萬一我認不出你怎麼辦？」周思年停下腳步，風吹得她的裙角翻飛，她覺得自己似乎已經有些看不清江誠光的面容了。

江誠光回頭凝視著她，笑道：「沒關係，我一定會找到妳的。」那雙清澈的眼眸此刻竟也盈滿了水光。

周思年忽然將他們相牽的手拉到嘴邊，用力地在江誠光的手腕上一咬，江誠光忍不住皺眉，卻沒有把手抽回。

半晌，周思年鬆開牙關，他的手腕上被印上一彎清晰的牙印。周思年眨眨眼，待眼中的霧氣散去後，才似宣示主權般道：「這樣我就不怕找不到你了。」

「好，我等妳。」那聲溫柔的低語被揉碎進了風裡，朝大海的遠方飄去。

我等妳，等妳來找我。

所以周思年，妳一定要來。

夕陽緊貼著地平線，大海被映成暖橘色的，海岸邊的男孩輕摟著懷裡的女孩，兩人唇瓣相接，在夕陽柔美地襯托下形成一幅美麗的剪影。

世界崩塌並沒有想像中那樣天崩地裂，而是所有的一切都被按下暫停鍵，連捲起的海浪也被定格，一切色彩被褪去，天空出現一個巨大的缺口，將灰色世界裡的所有景物，都變成一粒粒分子，一點一滴地吸入。

遠處的沙灘上，周思年的書包傳來窸窸窣窣的動靜，那本黑皮書自己飛了出來，在半空中打開，裡面的文字竟像是有人拿著橡皮擦在擦拭，一個個慢慢消失，直到最後一個字也徹底不見，書本自動闔上，驟然發出一陣強烈的光芒——

終章

流年徐徐

某所高中的人行道上，一個染著棕色頭髮的大男孩朝遠方的一男一女高聲喊：「你們兩個快一點！全世界就等你們啦！」

「抱歉抱歉，有事耽擱了。」

在棕髮男孩的左手邊站著個女孩，她頂著一頭剛染成亞麻灰的短髮，對著趕來的兩人比了個勝利的手勢，「就這麼決定了！今晚你們倆請客！」

另一個長髮及腰的女孩站在她身旁，微微勾起唇角，無聲地表達同意，絲毫沒有拯救朋友的意思。

「我請吧！本來就是因為我……」

和女孩一起來的那個男孩驀然拉住她的手打斷她的話，溫柔地道：「沒事，我請吧！」

看著他一臉雲淡風輕，一點都沒有被敲竹槓後的憋屈模樣，棕髮男孩原地就炸毛了，「江誠光，你是不是又拿獎學金了！」

江成光促狹道：「唉呀，這麼明顯嗎？」

蘇洋翻了個大大的白眼，「好險我們已經不同校了，哼，總算不用再被你殘害了。」被這樣炫耀一臉偏偏還無法超越對方，想想就鬱悶。

「說得好像沒有人家，你就能拿到獎學金一樣。」

「宇時悅，妳沒資格笑我！」這邊剛反駁完，下一秒他就竄到長髮女孩的身旁勾住她的手，稍稍彎低身子，把頭蹭在她的肩膀上，驕傲道：「我沒拿到無所謂，反正我們學校的獎學金都已經被我家漂亮又聰明的老婆大人承包了！」

言下之意就是，老婆的就是我的，老婆也是我的！

被他靠著的梁酒酒皺起修得似新月的眉毛，聲音冷冷地道：「蘇洋。」

蘇洋被叫到名字立刻立正站好，宇時悅見他那模樣，當然不會放過任何一個機會懟他，「俗辣！」

頓時惹得大家一陣大笑。

「蘇洋，你不會要靠酒酒養你一輩子吧？你不害臊嗎？」

蘇洋瞪大雙眼，一臉不可置信地道：「周思年連妳也欺負我！我看妳就是跟江誠光待久了，被他同化了！近墨者黑！」

這次換江誠光不樂意了，「你說錯了，我們這是夫唱婦隨。」猝不及防撒了現場一地的狗糧，周思年聽到他自然地說出這話，也忍不住臉頰發燙。

他們邊鬥嘴邊走到了學校後門。各個大學已經開始放暑假了，但高中生的學期還沒結束。這會兒還沒到放學時間，學生都還在教室裡上課，學校的各個出入口都是關閉的。

他們五人是上一屆的畢業生，今天剛好相約回高中的母校看看，學校平常時間是不開放外校人士進入的，那警衛伯伯凶得很，之前有同學回來領教過後就發了群組告訴大家，剛剛提前到的蘇洋三人特地繞去查看了下。

確認過眼神，還是同一個人，所以從前門走，沒門！

梁酒酒掃了眼四周，問道：「現在怎麼辦？」

「那當然是……」蘇洋和宇時悅互看了一眼，齊聲道：「翻牆囉！」

他們兩人率先開始動作，跟兩隻猴子似的，三兩下就翻進去了，輕輕鬆鬆的模樣一看就知道很有經驗。

蘇洋忍不住睨了宇時悅一眼：「呦，動作挺熟練的啊！看來平常沒少幹啊，妳說有女孩子像妳一樣這麼野的嗎？」

「姐就是這樣，你管得著嗎？」

宇時悅的性子大喇喇的，所以總是習慣穿一條安全褲在裙子裡面，方便她做大動作也不會走光。江誠光在校門外先幫周思年翻進去，自己才爬進來。蘇洋剛剛翻得太歡快，忘了自家老婆大人還在牆外，只好再翻出去幫忙，這下子又被宇時悅取笑了一番。

他們五人才剛進到校內，就聽見後方傳來一道熟悉的聲音：「宇時悅。」

宇時悅渾身一個激靈，僵硬地站在原地，半晌才慢慢轉過身去。

樹影婆娑，石板路的盡頭正站著一抹俊朗挺拔的身影，他輕蹙著眉，明明隔著不短的距離，但宇時悅還是清楚地感受到他投射在她身上的視線。

「過來。」震驚、微怒，隱隱還透著一股危險。

她弱弱地喊了聲：「夏老師。」

唉，出師不利。

好像每次她幹壞事的時候，都能「剛好」被他抓得正著。

蘇洋忍不住小聲嘀咕：「宇時悅，妳是不是出門沒看黃曆啊？我看這夏老師就是天生剋妳的。」上學那會兒就是這樣，沒想到現在畢業了還是一樣。

宇時悅很快就收拾好了心情，拍拍裙子道：「沒事，他是我的剋星，我也是他的剋星。」兩個剋星如果彼此互剋，那就是天生一對、天造地設！

蘇洋看她獨自走了過去，雖然他們兩人平時五句話裡常常兩句損、三句懟，但正是因為真的把對方當朋友才會這樣，他不禁有些擔心地轉頭問其他人：「宇時悅她會不會有事啊？」

梁酒酒瞥了他一眼，淡淡地拋下兩個字：「笨蛋。」

宇時悅早就和夏然暗度陳倉，這會兒估計心裡偷樂著呢！他們五人也就蘇洋至今都沒發現。神經這麼大條，也不知道他當初是怎麼意識到自己喜歡上梁酒酒，還鼓起勇氣告白的。

周思年看他可憐，拍拍他的肩安慰：「放心吧！我們都畢業了，老師不會真的拿她怎麼樣的。」

蘇洋骨子裡朋友的義氣還是讓他決定有福同享，有難同當，「要不我們還是一起去吧！」

他剛要邁出腳步，江誠光就從後面拉住他，「別添亂，相信我，你不去宇時悅還會感謝你。」

感謝他？蘇洋聽得一頭霧水，還想再問什麼，一回頭才發現他們三人早就丟下他走了。

「喂！等等我啊！」

*

辦公室的門一關，宇時悅什麼都還來不及說就被壓在門上，後背與門板猛烈撞擊，發出一聲巨響，她微微皺了下眉頭，手腕被扣住高舉過頭，令她動彈不得，下顎驟然被捏住抬起，高大的黑影欺身上前，倏地就封住了她那張紅潤的小嘴。

「唔……」這個吻來得太快，像狂風暴雨，要將她這艘海上的小船給翻覆，靈巧的舌在口腔中橫掃，不放過每個角落，引得她全身酥麻。她也不甘示弱，小舌很快纏繞上那作亂的舌尖，趁眼前的男人恍神之際，在他的唇上驀地一咬。

宇時悅的力道並不大，但夏然卻覺得那一瞬間像有一股電流自唇上過電而下，他眼神一暗，攻勢越發激猛，一隻手緩緩往下，扣在那盈盈一握的腰上摩娑，感受到懷裡的小野貓終於乖順下來，這才緩緩離開她的唇瓣。

天知道他花了多大的力氣才控制自己沒有在這裡就辦了她。

兩人都在激烈地喘息，空氣裡全是曖昧旖旎的味道。宇時悅視線往下偷偷一瞥，這人臉上還是這樣清清冷冷，但那地方鼓得像帳篷一樣大包，充滿侵略性，隔著衣物都能感受到熱燙的氣息。

宇時悅上挑著眉眼睨向夏然，悠悠道：「夏老師，你那裡可比你的表情誠實啊！」

和高中時偶爾會害羞地張牙舞爪的小奶貓不同，一段時間沒見，她的言語充滿挑逗，那媚眼如絲的模樣任哪個男人看了都會心動，他毫不懷疑如果不是自己現在扣住她的雙手，她一定會大膽地往他的褲襠抓去。

夏然眸光一沉，低聲問：「宇時悅，妳知道這裡是哪嗎？」那聲音隱隱還帶著情慾的嘶啞。

「知道啊，你辦公室呀！又不是沒來過。」上高中的時候她總是找各種理由來這裡，就為了看他，熟悉程度不亞於她家廚房。她噘起嘴抱怨：「老師，你能不能先放開我，手一直舉著很酸的。」

「別以為我不知道妳在想什麼。」

「你要是沒有那麼想，怎麼會知道我在想什麼呢？」宇時悅調皮地眨眨眼。

她就喜歡夏然這模樣，看起來高冷禁慾，但親吻的時候，那股狠勁簡直像是要把她拆吃入腹，那雙淡漠的雙眸會染上一層薄薄的霧，明知道看不見前方，還是會奮不顧身地往裡走去。

嘖，典型的斯文敗類樣。

要是再來副細邊金框眼鏡，簡直絕配！

殊不知宇時悅的話根本就是在老虎身上拔鬍鬚，而且還是一隻隱忍到極限的老虎，她的雙腳突然懸空，下意識就伸手摟上男人的脖子驚呼，「啊！你幹嘛啊！」

「實踐妳的想法。」夏然將她抱到辦公桌上，站在她的雙腿中間。

「明明是你想的！」宇時悅面色酡紅地反駁。

「妳要是沒有那麼想，怎麼會知道我在想什麼呢？」夏然把她剛剛說的話原封不動還給她。

高中時宇時悅就喜歡上了教他們美術的夏然，她毫不猶豫地表達自己對他的喜歡，結果當然是被夏然拒絕了。

「我是老師，而妳是我的學生。」師生戀在這個年紀是不被允許的，宇時悅正處在情竇初開的年齡，但夏然已經是個成熟的大人，他的理智永遠跑在情感的前面，所以當然不可能答應這種事情。

但宇時悅沒有氣餒，她很自然地理解成了另一種意思。

「也就是說，如果你不是我的老師，我不是你的學生，你就會同意給我一個機會對嗎？」不等夏然回答，她就搶在他前頭道：「就這麼說定了，不准反悔！你等著，我一定會讓你喜歡我的！」

宇時悅開始三不五時出現在夏然面前，也不知道她是怎麼辦到的，總是能在校園的各處和他相遇，後來決定了志願，更是藉著術科考試的理由天天去夏然的辦公室找他，美其名曰「指導」。

夏然起初以為宇時悅那風風火火的性子只是為了想見他，又因為他喜歡藝術，她也就跟著喜歡，所以才選了這個科系，甚至有些生氣她對自己的未來決定得那麼隨便。別說他們會不會在一起，就算真的在一起了，也不一定就會相伴一生，萬一哪天她不喜歡他後悔了怎麼辦？

但後來夏然才發現，宇時悅是認真的。

喜歡美術是認真的。

為夢想努力是認真的。

喜歡他，也是認真的。

或許就是從那個時候，他意識到自己的心也產生了某些變化。

夏然知道是為什麼，也知道是因為誰，宇時悅做了那麼多，他又不是石頭，怎麼可能無動於衷？

終於到了高三畢業典禮那天，禮成結束後，宇時悅在學校裡四處搜尋夏然的身影，最後在四樓的走廊上找到他。

「夏然！」

這一次，她沒有像以前一樣叫他一聲「老師」，而是輕喚他的名字。

她氣喘吁吁地跑到他面前道：「我畢業了！」

「嗯，恭喜，畢業快樂。」他的語調一點起伏都沒有，完全不像祝福，反倒像是個機器人自動答覆。

「現在你不是我的老師了，我也不是你的學生了。」宇時悅頓了半晌，才鼓起勇氣問：「那你現在……可以和我在一起了嗎？」

夏然凝視著她，沉默的時間久到宇時悅心中希望的火苗逐漸熄滅，她難掩臉上的失落，小聲嘀咕：「看來還是不可以是嗎……」

雖然覺得很難過，但她覺得至少自己努力過了，沒有遺憾地離開這裡，展開大學的新生活，她相信明天還是美好的。

就在她轉身之際，後方驀然響起夏然的聲音：「宇時悅。」

宇時悅回首，像是電影中的慢動作放映一般，她彷彿看見那人如同一個至高無上的王者，手執皇杖，信步向自己走來。明明穿著和平日一樣的白襯衫和西裝褲，卻顯得那樣雍容華貴，一舉一動都令她移不開目光。

夏然在她面前站定，淡淡道：「妳的學校離這裡很遠，我每天要上課，我們不可能常常見到面。」

「我、我放假的時候可以坐車回來找你！」宇時悅結結巴巴地道。

「我明年寒假要去國外研習。」

「那、那我們可以視訊或打電話嗎？你要是很忙，只傳訊息也沒關係……」

「可以。」

宇時悅一時間還沒反應過來，呆呆問：「所以……你這是……答應了嗎？」

「我看起來像在開玩笑嗎？」

之前夏然確實不敢承認，也不能承認，自己悄悄對這明亮得像顆小太陽的女孩動了心，但就像她說的，她已經畢業了，他們不再是老師和學生的關係了。

他曾想過，如果今天宇時悅沒有來找他，那麼他就會讓這段感情隨著時間慢慢消散。他知道她這個年紀的女孩喜歡是衝動的，也有可能只是一時的，況且之後她就要到大學去開始新的生活，在那裡她會遇見其他的人，未知數太多，而他終究會和她漸漸陌生，再也不會有交集……

可是她還是找到了他。

宇時悅愣愣地站在原地，好半晌才消化完，開心地尖叫一聲撲進他懷裡，那胸腔發出的震顫也感染了他。

夏然伸出手環住她的腰，忍不住跟著笑了。

後來大學開始，宇時悅比夏然還要忙，兩人雖然都有保持聯絡，但她根本沒時間回來見他，至今為止，算算他們竟然也快一年沒見了。

思念早已像藤蔓一樣瘋狂滋長，終於見面的那一刻，任何一點星星之火都可以燎原，何況是宇時悅還這樣刻意勾引他。

宇時悅見夏然黑沉沉的目光直勾勾地盯著自己，像獵手鎖定獵物，似乎下一秒就要撲上來將她吃乾抹淨。雖然他們這麼久沒見了，她也很期待辦公室play，但這畢竟還是上課時間，萬一有哪個老師或同學經過，她可能不會怎樣，但夏然就完了。

宇時悅天不怕地不怕，在誰的面前都能橫，但唯獨在夏然面前秒慫，而且這還是關係到夏然的工作，她可不敢隨意胡來。

她眼珠子轉了轉，撒嬌道：「夏老師，我錯了，你放過我吧！」

這不說還好，那一聲「夏老師」簡直像一隻爪子在夏然的心上突然一抓，更弄得他差點繃不住。

「宇時悅，妳是不是故意的？」他們都已經不是師生關係了，她還叫他「夏老師」，分明就是故意的！

宇時悅眨了眨眼，她是真的不知道自己無意間的稱呼給夏然帶來了什麼影響，不過她稍稍瞄了一眼他的小兄弟，似乎又比剛才更大了，嚇得她再也不敢亂動。

「你別亂來啊！」她小聲警告：「其他人都還在上課呢！萬一被看到了怎麼辦？」

其實夏然本來也沒想要真的幹什麼，他當然知道這裡不適合，但看宇時悅難得為自己著想，忍不住想逗逗她。

「妳點的火，還沒滅掉就想跑？」

呸！明明是他先撲上來，二話不說就吻她的！

只許官家放火，還不許百姓點燈了！

她自己也被夏然撩撥得心癢難耐。要不是替他著想，她需要這麼忍著嗎？

剛剛的掙扎已經讓她的裙子捲到了大腿根部，雙腿因為夏然站在中間而無法併攏。他的掌心熱燙，被他摸過的地方像是著了火，偏偏他們現在這樣又什麼都不能做，彷彿隔靴搔癢似的，宇時悅甚至感覺到自己的那裡也微微泛起濕液。

「那怎麼辦？」她也知道夏然漲得難受，她自己也好不到哪去，但難不成真的要在這裡……

夏然靠近她，曖昧的吐息噴在她的耳畔，那小巧的耳垂煞是可愛，他也沒有忍就咬了上去，當是飲鴆止渴，聽見宇時悅驚叫一聲，才耳語道：「晚上補償我。」

宇時悅被他弄得滿臉通紅，那性感的聲音還在耳邊繚繞不去，讓她根本沒辦法思考，氣勢頓時就輸了一大截，「晚上我要跟他們去吃飯。」

「吃完打給我，我去接妳。」

夏然見好就收，他知道宇時悅有自己的朋友，反正整晚的時間都是他的，這些他就不計較了。

「噢。」宇時悅點點頭，猶豫了一會兒還是問：「那你現在……怎麼辦？難受嗎？」

她不傻，自然知道男人起了反應如果沒有解決會有多難受，而且說到底，她還是那個罪魁禍首……

「我要是說難受，那妳還去吃飯嗎？」他不介意現在就立刻請假帶她回家「解決」這個問題。

宇時悅猛地跳下桌，「那、那個、他們還在等我，我先走了。」

她剛跑到門口又突然停下，轉身奔了回來，踮起腳尖在夏然的下巴印上一吻，滿臉酡紅道：「剩下的晚上補。」說完趁著夏然還沒反應過來就溜了。

他扶額失笑，萬萬沒想到宇時悅會殺了個回馬槍，還撩完就跑，這剛剛才稍微變小的火勢又被她弄得熊熊燃燒，他突然後悔就這樣放她走了。

現在上去抓回來還來得及嗎？

*

因為他們五人都穿著學校制服，一時間倒也沒人發現他們已經不是在校生了，宇時悅和夏然走了，周思年一行四人便到各科辦公室找老師敘舊。

高中時江誠光和梁酒酒都是校排前十，而且放榜後還被寫進紅布條裡，掛到學校大門上慶賀，老師們對成績優異的好學生總是比較有印象。

周思年的成績也不錯，加上學校並沒有禁止學生談戀愛，人人都知道她和江誠光是一對，老師自然也是記得她的。

蘇洋也不差，不過老師們對他有印象都是因為他時常和宇時悅一起闖禍，對他的期望不過也就是能安穩地發揮，考上排名中間的國立大學就好，沒想到最後卻跌破大家的眼鏡，和梁酒酒考上了同一間學校。

他們不知道，但江誠光、周思年和宇時悅三人卻是清楚的，因為梁酒酒說，只要他能和她考上同一間學校，她就答應和他交往。

一個學校的科系不同，分數線可能就會差很多，梁酒酒考的是心理學系，而且選的又是排名前面的學校，分數要求自然高很多，蘇洋最後決定考外文系，他的英文是所有科目中最好的。

不得不說愛情的力量有時候真的挺偉大的，從那之後蘇洋就開始奮發向上，放榜的那一刻他傻傻地盯著手機，看見自己的名字出現在錄取名單上，竟然邊笑邊哭了。

班導見到蘇洋和梁酒酒牽著手，眼裡掩飾不住驚訝，「沒想到你們竟然在一起了啊。」

老師的反應讓蘇洋想抱不平，什麼叫竟然啊！他們這麼般配，本來就該在一起好嗎！

老師似是想到了什麼，忽然雙手一拍，「蘇洋，你看這樣好不好？等等剛好是我的課，你到我們班上來跟大家講講你當初是怎麼準備考試的？又是什麼事情讓你突然想努力向上的？當事人親自說總是比較有說服力。」

聽到這裡，周思年和江誠光差點忍不住要笑出來，這分享怎麼準備考試的還可以，但動機嘛……如果老師知道了估計會傻眼吧。

蘇洋覺得還挺驕傲的，揉了揉鼻子，抬頭挺胸道：「沒問題。」

「梁酒酒和江誠光，你們兩個也順便跟學弟妹們分享一下吧！」

梁酒酒沒什麼意見，江誠光笑著婉拒了，「我也沒什麼特別的心得，有他們倆人就行了，我就不湊熱鬧了。」他朝旁邊的周思年瞥了一眼，看向班導，「難得回一趟學校，我們想再去校園的其他地方看看。」

他那動作做得那麼明顯，班導當然也看到了，爽朗地笑道：「行，老師知道了，就不強迫你了。」他們班這對班對當初是讓他最放心的，沒有因為談戀愛就荒廢課業，反而互相學習，一同進步。如今看到他們還在一起，他心裡也很高興，知道小倆口想要自己的空間，他也不好意思再強人所難。

江誠光和周思年和他們兩人約了等等在剛才翻牆進來的那裡碰面後就先離開了。

上課鐘響後，蘇洋和梁酒酒跟著班導到他上課的班級去。

班導進教室後簡單地介紹他們兩人，然後就把時間交給他們。梁酒酒先說，她一向高冷，不怎麼愛笑，但奈何長得漂亮，清冷的性格反而成了另一種美，像是峭壁上的冰山雪蓮，台下學弟們的眼睛都直勾勾地盯著她，比班導上課還專注，站在一旁的蘇洋看到那一雙雙覬覦的目光，恨不得把他們都戳瞎。

早知道剛剛就跟班導說讓他一個人分享就好了。

梁酒酒分享完後走回蘇洋身邊，不知為何他的周身形成了一股低氣壓，但輪到他上台了，也就沒說什麼，打算等等再問他。

蘇洋本來就長得不錯，一身陽光的氣息，加上這一年又長高了不少，如今刻意地勾唇一笑，竟也是別樣的風流倜儻，弄得不少學妹的心臟小鹿亂撞，而他不知道，梁酒酒站在一旁，因為他那笑容感到莫名鬱悶。

他先是認真地分享自己是怎麼學習的，然後才說到讓他奮發向上的「動機」。

「其實很簡單，找到那股動力，你就會不自覺地去努力達到目標。」

底下有學妹舉手發問：「那請問學長，你的動力是什麼？」

「我的動力……是她。」蘇洋忽然抬手往站在門邊的梁酒酒一指，道：「你們學姊當時說了，只要我能考上和她一樣的學校，她就答應和我交往。」話音一落，蘇洋在眾目睽睽之下走下台，牽起梁酒酒的手，凝視著她的雙眼，宣示道：「現在，我是她的男朋友了。」

他用這種方式徹底打破他們心中的那些粉紅泡泡，梁酒酒剛才的煩躁也在頃刻間都消散了。

蘇洋這句話是說給梁酒酒聽的，也是說給底下的學弟們聽的。

對梁酒酒來說，這句話也是說給其他學妹們聽的。

他們兩人和老師道別後，又在校園四處隨意逛逛，走到樓梯間時，梁酒酒突然踮起腳尖，在蘇洋的嘴角親了一下。

她沒有笑，但眼底卻像是盈滿了星光。

「獎勵你的。」

蘇洋被親得愣在原地，默默抬手摸上自己的嘴唇，梁酒酒剛剛這是……主動親他了？

等他反應過來，那抹纖細的背影早已走遠，他趕緊追上去，心裡甜得感覺要長螞蟻了。

「酒酒，等等我呀！」蘇洋的嘴角都快裂到眼尾了，滿心的笑意藏都藏不住。

之前他老覺得梁酒酒對他沒感覺，她總是那樣冷著一張臉，他甚至沒看過她開懷大笑的模樣，有時候他不禁會想，她之所以答應跟他交往，是不是無關喜歡不喜歡，只是那時候自己親口答應了，就要說到做到，不過是在履行一段承諾而已。

直到今天她主動親了他，蘇洋終於確定，梁酒酒也是喜歡他的。

其實蘇洋真的想多了，梁酒酒從來就不是那種任人擺布的個性，又怎麼會勉強自己？如果她不願意，當時就會直接拒絕他，而不是說那樣的話了。

*

江誠光和周思年走到籃球場，下午的太陽已經沒有像中午那樣熱辣，場地上有一顆籃球，可能是哪個學生忘記帶走的，江誠光拿了起來，心血來潮投了幾顆。

周思年就坐在一旁看著他，像之前上學的每一次一樣，她也會像今天這樣坐在場邊，看著江誠光搶球，上籃。即使場上很多人，她還是能一眼就在人群中看見耀眼的他。

江誠光接過她遞來的水，仰頭灌了幾口，有些液體從嘴角流出，淌過喉結，順著敞開的領口流進胸膛，看起來有些性感。

如果注意看的話就會發現，他的右手手腕內側有個淡淡的月牙印記，周思年曾經問過他，他說那是出生就有的胎記。

江誠光就像一輪永遠高掛的月光，溫柔儒雅，上了大學之後更是讓許多女生心生嚮往，有些在打聽到他有女朋友後就會知趣地收手，但還是有人不肯放棄，不過江誠光的目光至始至終都在周思年身上，有時候還會拿她來當擋箭牌。

記得年初情人節的時候，有個別系的女生在上完通識課叫住了他和他告白，還送他巧克力，當時周思年恰巧從洗手間回來，就聽見江誠光說：「抱歉，我女朋友很會吃醋，如果收下的話她會生氣的。」

後來等那女生走後周思年才出來，瞥了他一眼道：「你這樣別人都會以為我的脾氣很不好的。」那語氣雖是有些責怪，倒也沒有真的不開心。

「那正好，這樣我就不怕妳被別人搶走了。」江誠光摸摸她的頭，眼裡閃著狡黠的光芒，「還有，脾氣不好沒關係，我喜歡就好。」

周思年被他這麼一說，害羞得根本不知道該回答什麼。

也不知道是不是讀法律系的關係，江誠光的嘴巴自從上了大學之後就越發得厲害，而且撩起人來一點都不害臊。

見她望著前方久久不語，江誠光看向她的側顏，「在想什麼？」

周思年感嘆道：「時間過得真快呀！」

「是啊。」轉眼三年就過去了，好像昨天他們還是懵懵懂懂的大一新鮮人，現在竟然已經準備要升大二了。

江誠光忽然將周思年攬進懷裡，她抬起頭問：「怎麼了？」

「沒事，就是想抱抱妳。」良久，江誠光忽然道：「大學畢業後，我們就結婚吧！」

「你認真的嗎？」不知道為什麼，聽到他這樣說，周思年雖然驚訝，但心裡並沒有排斥。

「嗯，研究所我想出國唸，所以先把妳定下來，這樣就不怕妳跟別人跑了。」江誠光打趣道。

他對自己的未來有規劃，而那張藍圖裡也有她，只是他不想插手周思年的決定。如果她願意跟他一起去國外，那再好不過，如果她想留在這裡，那也沒關係，反正放假他也會回來，只是那段日子裡兩人見面的時間就會變得比較少，但現在科技這麼發達，視訊已經很普及了，也不怕會斷了聯繫。

短暫的分別是為了之後更好的相遇，他願意暫時忍受一下，換她下半輩子的所有時光。

「好。」

「妳說什麼？」

江誠光沒想到她答應得這麼快，幾乎沒有猶豫，一時沒反應過來。

「我說好。」周思年笑道：「你這麼好，萬一去了國外見到那些外國女生不要我了，那我不是虧大了。」

「才不會。」江誠光捧起她的臉道：「我心裡只有妳，其他女生長得再漂亮都跟我沒關係，因為他們都不是妳。」

他漆黑的雙眸含情脈脈地注視著她，深深地望盡她的眼底。明明知道他說的是甜言蜜語，但那認真的語氣就是讓人忍不住想相信。

「嗯，我也是。」

因為那個人是你，所以我願意。

悠揚的鐘聲響起，在校園裡輕輕迴盪，微風徐徐吹來，他們兩人四目相對，彼此都在對方眼中看見自己的身影。周思年的眼波盈盈流轉，滿是笑意，江誠光情不自禁地低下頭覆上她的唇。

願往後流年徐徐，風和日麗，狂風驟雨，都有你相知相惜。

〈全文完〉

番外 破壞者

寒假已經開始了，距離學測倒數剩不到十天，梁酒酒時常和周思年他們相約在圖書館一起讀書。

中午十二點，周思年說自己餓了，江誠光起身和她一起去便利商店。一旁的蘇洋剛才寫題寫累了，趴在桌上睡著了。

「酒酒，妳要跟我們去嗎？」周思年問。

「不了，我不怎麼餓，你們去吧！我幫你們顧東西。」

「行吧。」江誠光看了眼蘇洋，對著梁酒酒道：「他要是醒了想吃什麼，妳讓他LINE我們。」

「好。」

等他們倆人離開，梁酒酒拿起蘇洋椅背上的運動外套輕輕地蓋在他肩上。她趴在桌上，看著隔壁蘇洋熟睡的臉龐，不忍打破此刻難得的安逸。

過去十七年的歲月，梁酒酒覺得都挺好的，家庭和樂，幸福美滿，父母偶爾會鬥嘴，但總是床頭吵床尾和。她是家中的獨生女，擁有他們全部的寵愛，優秀的基因讓她從小就成績優異，幾乎沒有遇到什麼棘手或無法解決的問題。

她以為會一直這樣，直到那天去找周思年，在她房間裡看見了那本黑皮書，她的世界開始崩落。

如果時間可以重來，她希望自己沒有去周家，沒有發現那本書，也沒有因為一時好奇打開來看，這樣她就不會知道這個世界的祕密了。

你懷疑過自己生活的世界嗎？

如果有一天有一個人說這個世界是假的，大家都是假的，大概誰都會覺得他瘋了吧！

在這之前，梁酒酒也從來沒有懷疑過，但黑皮書裡的內容卻完全顛覆了她所有認知。她至今都還記得第一次摸上那本書時的刺痛與灼熱感，像是突然碰到裝著沸水的鍋子，抽開後許久都還能感覺到從指尖往外擴散的微麻。

——這是一個依照創造者的意念所創造出來的「理想世界」，而這個世界的創造者，就是自殺者本身。

就像是一本奇幻故事的開頭，作者花一些篇幅向讀者們介紹書裡的世界觀與架構。梁酒酒起初也是這麼認為的，直到她翻開下一頁，不可思議的事情發生了——空白的頁面開始以肉眼可見的速度出現一行又一行的文字，左上方映入眼簾的是比內文更大的三個粗體字：**破壞者**。

現在的科技遠沒有進步到這種程度，一本正常的書，是不可能這樣的。梁酒酒剛才或許還不覺得有什麼，但此刻回憶起前面那些內容，竟有些毛骨悚然。

心裡隱約有個聲音告訴她不能再看下去，應該馬上把書闔起來，但大腦卻不聽使喚，雙眼已經隨著文字的浮現快速地一一掠過……

所謂破壞者，就是除了創造者之外，所有發現這本書的人。為了避免他們在知道這世界的規則和真相後產生反抗心理，世界會自動剷除「破壞者」，以此來維護這裡的平衡與運作。

剎那間有太多問題在她的腦海裡碰撞：這本書是在周思年的房間裡發現的，那麼很大的可能就是她的，所以周思年是這個世界的創造者？她自殺過？

在黑皮書裡提到除了創造者，目前已知的另一個身分就是破壞者，居於後來者的她，絕對不可能是創造者，那麼就僅剩下那唯一的答案……

梁酒酒覺得後背陡然竄起一陣涼意。

倏地，破壞者章節最末頁從右下角開始自燃，火舌快速地吞噬掉一個又一個文字，梁酒酒啪的一聲闔上書本。

急促的呼吸透露她的心慌，心臟亂無章法地狂跳著。明明這樣做根本沒辦法滅火，還可能讓整本書都燒起來，但黑皮書卻再也沒有火苗竄出。隨後她逃也似地離開周家。

梁酒酒一直安慰自己別想太多，不過就是一本書而已，但從那天之後，接二連三的「死亡預告」，讓她不得不相信那本黑皮書上的內容——這個世界想殺死她。

鄰居家樓上的盆栽突然在她經過時掉了下來；綠燈走在斑馬線上，一輛小客車卻違規轉彎，差點撞上她；下公車的時候公車門不小心夾到她的裙角，如果不是車內的人緊急出聲喊了司機，她根本不敢想像後果會怎樣，還有最近她總是會莫名頭暈、記憶斷片……這些梁酒酒都不敢告訴任何人。這一切都再再證實了她是破壞者的結論。

她每天都提心吊膽，直到開始過年，家家戶戶都染上新年的氣息，熱鬧的氣氛終於讓她暫時放下心裡的恐懼。

午夜十二點，大人們還坐在餐桌上小酌聊天，小孩們人手一台手機組隊打遊戲，梁酒酒起身走到陽台，遠眺外頭的夜色。

手機忽然傳來震動，是LINE的語音電話，來電顯示是蘇洋，她有些意外，最後還是接起，「喂。」

「妳……在睡覺嗎？」

「沒有，有事嗎？」

「沒、沒什麼，就是想跟妳說……新年快樂。」

「嗯，你也是，新年快樂。」

「那個……」

「怎麼了？」

「下禮拜三那天……妳有空嗎？我有話想跟妳說。」

下周三剛好是她的生日，是巧合嗎？

良久，梁酒酒聽見自己答：「好。」

宇時悅說蘇洋喜歡她，那一刻不可否認她是欣喜的，因為她知道自己也喜歡蘇洋。明明他有時候很煩還很幼稚，根本不是自己的理想型，但人生好像就是這樣，越是覺得不可能的事就越會發生。

梁酒酒生日當天，蘇洋載著她到海邊，偷偷準備了生日蛋糕給她，還幫她唱生日快樂歌。他的話夾在風裡，似浪花激起，墜入深色的大海裡。

「梁酒酒，我喜歡你！做我女朋友吧！」

她真的好想好想答應他啊！

那瞬間梁酒酒差點就要把這個世界的祕密告訴蘇洋，擁有一個誰都不能說的恐懼實在太痛苦了，但最後她的理智還是跑在了感情前面。

「——如果你能考上跟我同一間的大學，我就和你在一起。」

原來喜歡是會貪心的。

她用這句話給了蘇洋希望，也給自己希望。但最終世界還是沒有給她這個機會。

刺眼的光芒伴隨著劇烈的撞擊把她整個人拋飛到空中，她還沒反應過來發生了什麼，身體就重重落下，數道白色的煙花在她腦中炸開——

麻，很麻，全身上下都是麻的，梁酒酒緩緩睜開雙眼，她的頭很暈、很重，頭上拱型的隧道頂亮著一盞一盞黃色的燈，細微的痛感開始密集放大，逐漸變成整片的劇痛，身體裡的五臟六腑像是被撕裂一般，每一次呼吸都是顫抖的，痛到顫抖。

她試著想移動自己，但只要稍微一用力，那種鑽心的疼就會貫徹全身。感覺有什麼從身體裡一直往外流，意識模糊間，她聽見了一聲沙啞的輕喚：「酒酒……」

霎時，一滴熱燙的淚珠從她的眼角滾落。

那是蘇洋的聲音。

好想再看他一眼啊！一眼就好，拜託，就一眼，讓她再看看他吧！

梁酒酒忍著強烈的痛楚，費了好大的力氣，終於讓自己的頭微微側了一點角度，總算看見不遠處的蘇洋。他也躺在地上，不知道傷勢嚴不嚴重，好在還能叫她的名字。

梁酒酒很想開口回應他，但真的做不到了。

原來這就是她的終點。

從她成為破壞者那刻開始，她的結局，就在這裡等她。

梁酒酒發現自己竟然不畏懼死亡了。如果可以用她的命換蘇洋活著，也挺好的。

哪怕這個世界是假的，他們也都是假的，她還是很感激這個世界，讓她可以遇見他。

蘇洋——

我們都不會有未來，也就不用太過遺憾，至少，我聽見你的告白了。

〈破壞者　完〉

後記

願世界春暖花開，願你得償所愛

第一句當然是先來防雷了！以下後記內容會有劇透，如果不喜歡被爆雷的趕快唸一下咒語「速速前」，你的書就會立刻翻到第一頁了！

好的，那我們就進入正題了：這個故事的萌芽，是某一天我在洗澡時忽然有的想法。二〇一九年我就已經寫了開頭，但架構世界觀時一直有邏輯bug無法解決，直到二零二〇年初，我坐在客廳吃綠豆糕的時候突然想通，才有了後續的內容。

對，我的靈感君來的時間都這麼奇怪又猝不及防哈。

從二〇一八年開始，世界就好像進入了黑暗期。印象最深刻的大概就是自殺事件頻傳，其中更有不少公眾人物，各種原因都有：網路暴力、身心壓力……於是我開始思考起「自殺」這件事情。二〇一九年我的外公突然病逝，但因為恰逢重要考試，所以沒辦法飛去見他，於是我又開始思考「死亡」這件事情。二〇二〇年初，新冠肺炎開始在世界飛速擴散肆虐（直到現在仍是），「死亡」這兩個字再度在我面前被無限放大。忘了聽誰說過，自殺的人會一直重複自殺的過程直到永恆，最後我將這些點都連起來，才有了你們現在看到的這個故事。

相信已經看完這本書的你會發現，直到最後，那些選擇自殺的人到底有沒有解脫，我仍然沒有給出一個肯定的回答。我無法斬釘截鐵地說自殺的人都是錯的，因為沒有人可以評斷和決定他人的生死，但正如故事裡所說：有些遺憾，是即使時間重來也無法改變的。江誠光和周思年都重來了無數次，他們確實改變了一些什麼，但依然無法逆轉在乎的人走向死亡的結局。

《世界から貓が消えたなら》（譯名：如果這世界的貓消失了）裡問男主角：如果明天你就會死，但只要世界上消失一件東西，你就可以多一天的壽命，你願意拿什麼東西來換？當時我心裡想的是：「今天就死了好像也沒什麼大不了的吧？人一定要活著的意義是什麼呢？」但最後看完電影，我換了個方式思考：「如果明天就會死，還有什麼是我想做卻還沒達成的事？」前面的問題瞬間就都有了答案。

若是現在的你還有類似的想法在腦中徘徊不定，希望在看完這個故事以後，你可以再三深思再做決定。

好了，沉重的話題到此為止，我們來聊聊開心的吧！不知道你們最喜歡的角色是誰呢？和周思年一樣，宇時悅是我最喜歡也最想成為的那種人。她的活潑開朗、敢衝敢愛，屢戰屢敗，屢敗屢戰，就像顆熾熱的小太陽，有無盡的熱量，大概也是這樣，才只有她能走進夏然冰冷的心中吧！

灰色世界是以「莫比烏斯帶」為原理所建構出來的，所以周思年和江誠光會一直經歷無限的死亡循環。只有找到真相，才能「跳出」這個輪迴。

莫比烏斯雖然象徵著可怕的詛咒，但同時也象徵著永恆的愛情。就是這樣既殘忍又美好，才會讓人不捨猶豫。

除此之外，他們五人的友誼也是我一直嚮往的，可惜我已經過了能擁有這種關係的年紀了哈。所以說人生還是處處充滿遺憾啊！

但如果一切都很完美，也就沒什麼好回憶的了，不是嗎？

其實故事一開始的設定和最後的這個版本有很大的出入，像是愛情線原本只有光年CP這一條（這個CP名是讀者們取的，我取名字的時候真的完全沒想到，我自己也很喜歡），甚至沒有夏然這個角色。原先我是打算讓全員都領便當的……對，不要懷疑XD，但很怕收到刀片，最後還是只有想想而已。（求生欲拉好拉滿＃）

我一直都相信，每個故事中的角色都有自己的想法與人生，身為作者的我只是把他們記錄下來而已。

已經認識我不短時間的讀者們一定都知道，我已經很久不寫校園愛情小說了，這次再度嘗試就是想做點突破，所以融入了很多其他元素，不知道你們是否喜歡這樣的故事？希望你們看完後能來和我分享讀後感（比心）。

對於第一次認識我的人，謝謝你們給了這本書和我一個機會，至於老熟人們，煽情的話就不多說了。

最後還是不忘要來個俗套的結尾：感謝我的編輯芳慈姐；感謝所有參與製作這本書的同仁們；

感謝一路幫助我的朋友與長輩，當然還有感謝給予我支持的你們。我的愛如滔滔江水連綿不絕，可以說上三天三夜～我們下本書再見！

沫淺唯　於桃園

2021.12

要青春91　PG2726

要有光
FIAT LUX

在輪迴與未來之間

作　　者　沫淺唯
責任編輯　姚芳慈
圖文排版　蔡忠翰
封面設計　蔡瑋筠

出版策劃　要有光
發 行 人　宋政坤
法律顧問　毛國樑　律師
印製發行　秀威資訊科技股份有限公司
114台北市內湖區瑞光路76巷65號1樓
電話：+886-2-2796-3638　傳真：+886-2-2796-1377
http://www.showwe.com.tw
劃撥帳號　19563868　戶名：秀威資訊科技股份有限公司
讀者服務信箱：service@showwe.com.tw
展售門市　國家書店（松江門市）
104台北市中山區松江路209號1樓
電話：+886-2-2518-0207　傳真：+886-2-2518-0778
網路訂購　秀威網路書店：https://store.showwe.tw
國家網路書店：https://www.govbooks.com.tw
總 經 銷　聯合發行股份有限公司
231新北市新店區寶橋路235巷6弄6號4F
電話：+886-2-2917-8022　傳真：+886-2-2915-6275

出版日期　2022年3月　BOD一版
定　　價　320元

讀者回函卡

Printed in Taiwan

國家圖書館出版品預行編目

在輪迴與未來之間/沫淺唯著. -- 一版. -- 臺北市 :
要有光, 2022.03
面； 公分. -- (要青春 ; 91)
BOD版
ISBN 978-626-7058-17-6(平裝)

863.57 110022527